JN292979

虚子編『新歳時記』季題一〇〇話

深見けん二
Fukami Kenji

飯塚書店

目次

春

初午

初午が二月に行われるのは、京都の伏見稲荷大社の祭神が和銅四年（七一一）稲荷山に降臨したのが二月十一日で、その日が初午だったということによる。平安時代末には既に初午詣が定着していたが、それが全国の田の神である稲荷信仰と結びつくのは、あとのことである。又、仏教の玄狐に乗る荼枳尼天《だきにてん》と習合して、狐と稲荷神を結びつける信仰も盛んになった。愛知県豊川市の豊川稲荷（妙巌寺）の鎮守は荼枳尼天《だきにてん》である。

稲荷神は、その後広く福徳、招神の神として信仰されるようになり、特に江戸時代には幕府の信仰から、武家が屋敷神として祀り、又町家商人もこれにならって、江戸に多いものは「伊勢屋稲荷に犬のくそ」（筆者註、伊勢屋は江戸に移住して栄えた伊勢商人）といわれる位、稲荷の祠が多かった。『俳諧歳事記栞草』（享和三年　曲亭馬琴編、藍亭青藍補）には「武江《えど》にても此日、王子・妻恋・三囲・真崎等の社を始とし、武家、市中とも鎮守の稲荷を祀り云々」とある。王子稲荷の初午は、今も盛んで、都内の町角やビル屋上にも稲荷祠がある。

都心の赤坂見附から青山通りのゆるい坂を上ってゆくと、右手に塀をめぐらし、その上に提灯を連ねた豊川稲荷がある。初午の日には、坂の歩道には屋台が出、結構な人出である。本堂の本尊は千手観音であるが鎮守は豊川茶枳尼真天《だきにしんてん》。赤い絨毯が敷かれており、そこに上がり、茶店で買った油揚、赤飯、一合の酒瓶を供えお詣りする。以前は夜も昇殿する人がひっきりなし。下足番がいて帰りに小銭を落とし、履物を出して貰うのが印象的であった。新橋、赤坂の粋筋のお詣りもあり、高級車が茶店に乗りつけたりしていた。

初午の招き文ありはん居より　　　**立子**

昭和四十一年作。始めは、豊川稲荷のことかと思ったが、これは武原はん居に祀られた稲荷の初午であろう。

針供養

昼月の淡島さまや針供養　水竹居

虚子編『新歳時記』にある赤星水竹居さんの例句で、浅草寺の早春の雰囲気がどこかに入っている実感があり、昔から忘れることが出来ない。その解説は、「一年中に折れたり曲つたりした縫ひ針を祀る行事で二月八日に行はれる。此日は針仕事を休み淡島神社へ参詣して損じた針を納めるのである」。

関西では十二月八日に行われることが多いが、『ふるさと大歳時記』（角川書店）が揃ってみると、関東、近畿の二巻が春で、北陸・京滋、九州・沖縄の二巻が冬、他の地方には項目がない。

二月八日、十二月八日は、古来、事八日と呼ばれる日で、事とは祭の節日《せちじつ》なのである。十二月八日を事始め、二月八日を事納めと呼んだのは、正月を中心とした場合で、農事を対象とした場合は逆である。一般的に関東では二月、関西では十二月が重要とされ、もの忌みの日として厳重な慎みが求められ、針仕事も慎まれた。

事八日と共に針供養には、紀州加太の浦の淡島神社を本社とする淡島信仰が結びついており、女性の守り神であることから、行事として成立する契機となったとされている。その淡島神社の針供養は二月八日。従って、浅草寺（関東）、紀州加太（近畿）は、春となっているが他の地方では冬。春冬まちまちの所もある。

この行事、定着したのが江戸時代であるのに古句は見当たらず、現在では家庭で針を使うことが少なくなったため、針を納めるのも洋裁関係とか限られた人になってしまった。又洋裁学校では、玄関ロビーに豆腐をのせた台を置き、ミニスカートの学生が針を納める風景も見られる。

平成六年の二月八日浅草に出掛けた時は、未だ相当の人が針を納めていた。針供養は、本来の女性の心を秘めた行事として、若い人にも生き続け、場所による季感を背負いつつ、今後も詠み続けられる季題ではないかと思っている。

薄氷

私が、練馬区石神井公園に通い、「薄氷」の句を作ったのは、稲畑汀子編『ホトトギス新歳時記』（昭和六十一年）の編集委員をしてからである。

虚子編『新歳時記』の解説は「春先、薄々と張る氷をいひ、又薄く解け残った氷をもいふのである。残《のこ》る氷《こほり》。春《はる》の氷《こほり》」とある。併し、この歳時記が刊行された一年前である昭和八年刊の『俳諧歳時記』（改造社　春の部　虚子編）には、「薄氷」の項目はなく、冬の部の「氷」の傍題としてあり、連俳では、ずっと冬の季とされていたのである。

藤松遊子は、明治三十二年作、

薄氷の草を離るゝ汀かな　　虚子

が三月十九日、四谷在十二社《じゅうにそう》の茶店での句会での作であることから、先生は、『新歳時記』の編集の時、作る時の実感から、春と断定したと推論している。

実際、この『新歳時記』刊行後は、すべての歳時記で「薄氷」は春の季となり、山本健吉氏は『基本季語五〇〇選』（昭和六十一年）の中にも入れるほど、多くの現代の俳句が出来たのである。

昭和六十一年のある日、石神井公園のボート池はよく晴れて、岸近くの薄氷が岸を離れて浮かび、それに日が当たっていた。薄氷と水との境の光が美しかった。

だんだんに水の光に薄氷　けん二

平成六年「薄氷」の兼題が出た時、又石神井公園に行った。この日は日が差さず冷えていたので、午後でも見られるかと思った。そして三宝寺池のある木蔭にたしかに薄氷はあった。しかしそこには松葉が落ち、埃もついていて美しいものではなかった。それでもよく見ていると何片かの薄氷が、風が吹くと少しづつ動くのである。頭では想像出来ない、いろいろの動きをするのを見て手帳にいくつかの句を書きつけた中に、

薄氷の吹かれて端の重なれる　けん二

があった。「端」は授かりものである。

この句は片山由美子さんが何度も推賞して下さって中学校の国語教科書にものった。

余寒

虚子編『新歳時記』によると、余寒の解説は次の如くである。「寒があけてからの寒さをいふのである。春寒といふのとは心持に相異がある」。一方「春寒」の解説には、「春が立つて後の寒さの謂である。余寒といふのと大体は同じであるが言葉から受ける感じが違ふ」とある。つまり「余寒」は、寒さが残っている感じが強く、「春寒」は、春なのになお寒いという感じなのである。

山本健吉氏の『基本季語五〇〇選』には、「余寒」の詩の作例として杜甫の「澗道ノ余寒歴ヘタリ二氷雪ヲ一」をあげている。和歌では『六百番歌合』（建久四年）の春の歌に出題されているそうで、『連理秘抄』（貞和五年 二条良基）に「正月には、余寒、残雪、梅、鶯」と記され、以後連俳では季語として立てられているとのことで、連歌時代からの古い季語の一つなのである。健吉氏が、「俳諧では天明以後多く詠まれるようになったが、その情趣が天明調にことにふさわしかったことを物語る」というのは、その語感であろう。

「春寒」も、「春寒料峭《しゅんかんりょうしょう》」というように音読みにすると、ひびきが強くなり、寒さが強調され、余寒と同じ内容になるが、殆どは「はるさむ」と訓読みにして用いられているのではなかろうか。

鎌倉を驚かしたる余寒あり　　**虚子**

は、「余寒」の代表句であるが、山に囲まれ海に面し、冬暖かく、歴史的重みを持った鎌倉の地名は動かない。大正三年二月一日小庵（鎌倉）例会作。季題の本意が見事に生きている。

『虚子五句集』には、「余寒」の句はこの句一句のみであるのに、「春寒」の句は八句あり、昭和二十四年四月二日作の次の句もある。

執念くも春寒き日の続きけり　　**虚子**

虚子編『新歳時記』で、「余寒」「春寒」は二月に配列されている。しかし「春寒」にのみ㊂、つまり二月に限らぬ表示のあることが、「余寒」と「春寒」との違いを、最も端的に示しているといえようか。

野火

沼の面に燃えこぼれつゝ蘆焼く火　　石井とし夫

作者は、平成二十三年七月二十七日、八十七歳で亡くなった、すぐれた沼の俳人である。利根川と印旛沼に挟まれた町、安食《あじき》に生れ育ち、町長も勤められた父君の店には、水原秋櫻子、高野素十ら多くの俳人が立ち寄った。とし夫さんは、その中で俳句を始め、虚子先生の下「ホトトギス」雑詠で、競い合った若い時からの友人で、雑詠の巻頭を何度か得ている。

特に親交を得たのは、故郷安食に家を建てられた昭和六十二年以降で、車を運転して、印旛沼の四季を案内して下さった。その車には、長靴、麦藁帽、望遠鏡等が常備され、舟溜に行き、漁夫の方達に話しかけているのを聞くと、どこか縁のつながった知り合いなのである。

そのとし夫さんの俳句テーマの一つが野火であったので私は野火を体験出来た。

虚子編『新歳時記』では「野焼く」が首題で、その解説は「早春、野の枯草を焼くことである。うち晴れた穏やかな日などに、野や畦や堤防などを焼いてゐるのはよく見らるゝ風景である。これは害虫駆除にもなり、その灰は肥料ともなるので行はれるのである。また雑木や雑草を焼払つておくと、蕨やぜんまい等の生え出るのが早いためでもある」とあって、「野火」「草焼く」「芝焼く」「畦焼く」は傍題。

「芦焼く」は、稲畑汀子編『ホトトギス新歳時記』にも傍題にはなっていないが、例句にとし夫さんの掲句がある。又とし夫さんの「野火」という文章に「沼堤の内側の蘆原を焼くときに二、三人連れの漁師が舟で火を付け廻ったりして小半日も蘆や真菰蒲などを焼いているが大火柱が立って正に沼が燃えているよう」とある。

予定をしても風があると中止となり、共に吟行が出来たのは平成三年。その壮観さは、今も私の胸に生々しい。

止めきれぬ勢ひとなりし芦を焼く　　けん二

片栗の花

かたくりの花が、私の家のすぐそばに自生していることを聞いたのは、二十七、八年前だったろうか。次男が曾て通っていた清瀬第四小学校の近くで、空堀川という川辺の雑木林の傾斜面である。枯葎を分け、枯草、落葉を踏んで近づいてみると、まことに美しい百合型の小さな紫の六弁の花が、いくつもいくつも咲いていた。

それから数年、三月半ばから、いつ花が咲くかを見に通い出した。大きな二つの葉が、落葉の中に見られても、そこに花茎がのびて可憐な蕾をなかなか上げず、そしてある日花が開くと次々に咲いた。その咲き出す日が、近くのお寺の染井吉野の初花の日とほぼ同じであることに気がついた。四月八日の虚子忌に桜が咲かぬ年があったが、片栗も咲かなかった。三月末に早々と桜が咲き出す年は、同時に片栗も咲き出した。

虚子編『新歳時記』にも稲畑汀子編『ホトトギス新歳時記』にも片栗の花は二月に分類されている。どうして二月なのかと、あらためて『図説俳句大歳時記』（角川書店）その他を見ても、多くは初春に入れ、しかも解説には、三、四月頃咲くとある。不思議に思っていたところ、青柳志解樹さんの『季語深耕「花」』に片栗のことが詳しく書かれていて、その中に、カタクリの古名カタカゴはコバイモであるという説が紹介されていた。従って万葉集にある大伴家持の歌も今の片栗の花とは違うというのである。さらに、馬琴の『俳諧歳時記栞草』を見ると次の如く書かれていた。

〈吾山遺稿〉…正月頃花さくゆゑに初百合ともいふ。花の時葉なし。因て姥《うば》百合ともいふ。万葉及び新撰六帖に、かたかこの花と詠する物はこれなりとぞ。

これはコバイモ説とも異なる。又『大和本草』にも正月の末花開くとあり、今の片栗とは別種らしいが正確とは云えぬようだ。その誤りがそのまま現代の歳時記に引き継がれ、片栗は初春（二月）の花に分類されるようになったのではなかろうか。

海苔

伊勢湾の浅い海一面にたてられた海苔篊《ひび》の様子がテレビに映って消えたことがある。

『カラー図説日本大歳時記』（講談社 昭和五十六年）に、「海苔」は山本健吉氏が「水中の岩石などについて、苔状をなす海藻の総称だが、とくに甘海苔《あまのり》またの名浅草海苔を指して言うのが普通である。暗紫色または紅紫色で、長さ十五～二十五センチ、幅七～十二センチに達する。波の静かな内湾の、真水《まみず》と汐水《しおみず》のまじり合う所に生じ、東京湾は産地として名高いが、海水汚染と埋め立てで、絶滅に近い。（略）」と解説している。

普通は養殖されるもので、九月頃に海苔粗朶を立て（現在はネットを張る）海苔篊《ひび》とし、これに胞子をつけ発芽生成させるのである。十一月から三月ごろ成長した海苔をとり、細かくきざみ「海苔簀」に薄くのべ乾しあげる。

『滑稽雑談』（正徳三年）に、下總国葛西郡の産が上味で、武州浅草で製するので浅草海苔というとある。各地で産するが、葛西のものに及ばずと書かれ、当時から浅草海苔が有名であったことが分かる。今は甘海苔以外も含め他の土地の海苔も浅草海苔と云うことがある。

衰《おとろひ》や歯に喰《くひ》あてし海苔の砂　　芭蕉

は、元禄四年作。初案は「歯にあたる身のおとろひや海苔の砂」だと云われ、その実体験からの発想であるが、没くなる三年前の句。老境がそのまま詠まれ、しかもしみじみと心にひびいて来る。一方、

海苔搗ふ水の一重や宵の雨　　蕪村

は、至って現代的である。

昭和二十三年二月の新人会は、当時横浜金沢文庫に住んでおられた上野泰さんのお宅で近くを吟行して句会をした。

きらきらと海苔を搗へば日も搗ひ　　泰

真青な空と海の見える海岸で、浅瀬の海苔搔きを見ていた時のことが、今も鮮明に思い出される。

梅

桜と違って梅には、「初花」というものがない。冬の季に「早梅」「寒梅」があり、その「早梅」につき、虚子編『新歳時記』は、次のように解説している。

「冬至頃から咲き出す特殊な梅はもちろん早梅であるが、特に暖かな地方とか、南面した山懐とか、さういふ処にあつて、季節よりも早く咲き出でた梅をいふのである」。

私の家の近くの通称馬坂という崖《はけ》を上る道路の下の空地に、植木屋が植捨にしたような梅が一昨年迄十数本あった。丁度、日もよく当たるので、一月から梅は咲き始め、これから厳冬という時に、それを見ると、春も遠くない思いがしてほっとし、又早梅と詠まなくても「梅」の句として詠むことも出来た。

その空地に家が建ち、梅もすっかり伐られてしまったので、昨年私が初めて梅の花を見たのは、柳瀬川の橋を渡った清瀬市中里の野梅であった。その後石神井公園、府中郷土の森、やがては庭の梅と、昨年も梅の句をかなり作った。

稽古して太極無極梅の花　　けん二

この句を作ったのは、平成十年。楊名時太極拳師範会が学士会館であり、会食中、司会の中野完二先生の指命で挨拶をした時に、この句を最後に入れたもので、即興といえば聞こえがよいが、切端つまって出来た句である。

私が楊名時太極拳の教室に通うようになったのは、昭和五十八年である。丁度退職したあとで、古館曹人さんのすすめである。池袋のコミュニティ・カレッジの教室で岡村カヱ先生にめぐり会い、多くのことを教えていただいた。

十年経ち師範となったが、残念乍ら岡村先生は、平成七年急逝された。その後、箱根の合宿に行き、金井富一先生との御縁で、平成八年秋から橋口澄子先生という心技一体の師につき、今も通っている。「太極拳経」に「太極は無極にして、動静の機、陰陽の母なり」とある。

そこには至り得ないが、願望である。

いぬふぐり

私の家の前の道を二百歩ほど行ったところに、百坪ほどの空地がある。石を積んだ上に、しっかりした低い金網が張られ、夾竹桃、紫陽花などがいくつか植えられているが、家は建っていない。

この空地に、二月になると、犬ふぐりが咲き出すのである。金網越しにも、晴れた日には、あの瑠璃色の小さな花を輝かせ、いよいよ春が来たとうれしくなる。それは齢を重ねる毎に強く、次の句がいつも思い出される。

犬ふぐり星のまたゝく如くなり　　虚子

『六百句』にあり、昭和十九年三月二十七日、玉藻句会。鎌倉笹目、星野宅。と詞書にある。『句日記』には同時に、

水際まで咲き擴がりし犬ふぐり

という句もあり、嘱目かもしれない。その年の九月、先生は小諸へ疎開された。

俳句でいう「いぬふぐり」は、植物学者のいうオオイヌノフグリのことでヨーロッパ原産。明治の初めごろに渡来し、淡紅色の更に小さい日本自生のイヌフグリを、圧倒してしまったという。従って、古句はない。果実の形からその名がつけられたとはあわれで、可憐で美しい花。

汝に謝す我が眼明かいぬふぐり　　虚子

昭和二十六年三月二十一日、鎌倉玉藻会、英勝寺での句。この句につき研究座談会で次のように伺った。

虚子「ええ、そうです。いぬふぐりという花は星のように明らかな感じのする花です。私の老眼にも明らかに映った。明らかに見えたということが嬉しかった。何ものも朧気に見える中に、いぬふぐりの花が独り明らかに映ってくれたということを『汝に謝す』といったのです」。

白内障で目が見えにくいと、湯浅桃邑さんが解釈し、「先生、この『汝』は『いぬふぐり』に対してですね」という言葉に対しての虚子先生の答である。

五十年余りを経、私は白内障は進まないが、左右の目の焦点が違うので、細かいものが見えにくい。空地のいぬふぐりが今年は私の目にどう映るであろうか。

啓蟄

虚子編『新歳時記』の「啓蟄」の項を開くと、次のように解説してある。

土中に蟄伏して冬眠してゐた蟻や地蟲の類が春暖の候になつて、その穴を出づるのをいひ、又啓蟄といつて直に穴を出る蟲をいふこともある。暦でも二十四気に啓蟄といふのがあつて、丁度三月五日頃、蟲類が穴を出る頃にあたる。地蟲穴を出づ。地蟲出づ。蟻穴を出づ。地蟲。

昔は虫の中に蛇や蛙も入れていたようだ。

三月五日は私の誕生日。暖かさも張りつめた冷たさがどこかに残って、一年で一番好きな季節、庭の日溜りに蟻など見かけると、啓蟄という言葉はひびきもよく、季題として古くから多く用いられて来たものと思い込んでいた。

今回各種の歳時記を見て、不思議と古句のないことに気づいた。子規の『分類俳句全集』を見ても、「虫出穴」「蛇出」「蜥蜴出る」には各二句例句があるが、「啓蟄」の項目はない。山本健吉氏の『基本季語五〇〇選』によると、「啓蟄を季語として興味を抱き出したのは、近代俳句、主として虚子以後のことである」と明記してあった。その理由として、古く『増山の井』（寛文三年）以来歳時記にのせてあるが、単に中国伝来の節気（西暦紀元前一〇〇年に決まった季節の分岐点）の名として入れてあっただけだ、としている。

こうした漢語は、俳諧の時代には喜ばれず、虫とか蛇が穴を出るという方が俳味があり、作られたものらしい。

『ホトトギス雑詠全集 二』（昭和七年）を見ると「啓蟄」の初出は大正七年。

啓蟄の我等に杭を打つは誰ぞ　　虚子

は、『年代順虚子俳句全集』に「四月八日。月斗君上京歓迎句会。発行所」の前書で入れてある。会者の中に、石鼎、徂春、青峰、宵曲、としを等の名がある。写生の句ではないが、先生の古い季題を新しく活かした例がここにもある。雑詠の入選句は大正十三年からで、やがて、

啓蟄を啣《くは》へて雀飛びにけり　　茅舎

の様に虫そのものを詠む句も出始めた。

雲雀

　ＪＲ武蔵野線の東所沢駅は、私の家から歩いて十二、三分。よくここから電車に乗るが、二十年ほど前までは、途中は、一面の広い畑で、天気の良い春の日には、何時でも空に雲雀が鳴いていた。

　うらうらに照れる春日にひばりあがり心かなしもひとりし思へば

『万葉集』大伴家持の歌が新鮮なのは、春愁の心持が、雲雀に托されているからであろう。又調べてみると、ヒバリの種類は、百余種もあり、アジア、ヨーロッパ大陸に広く分布し、イギリスでもヒバリの詩には名詩が多いそうだ。

　雲雀より空にやすらふ峠哉　　　　**芭蕉**

『笈の小文』にあり。「臍峠《ほそたうげ》、多武峰《たふのみね》ヨリ龍門へ越《こす》道也」として、この句がある。芭蕉が大和から吉野へ嶮岨な道を越えて行ったのである。私は昔からこの句を覚えているが、句形は「雲雀より上にやすらふ峠かな」とばかり思っていた。今回あらためて『芭蕉俳句集』（岩波文庫　中村俊定校注）を見ると、「上に」の句形は「曠野」にあるとされている。又『日本名句集成』（学燈社）の「句意・鑑賞」では、初案の「上に」では平凡で「空に」としてこそ生きて来ると書いてある。

写生ということから考えると「上に」で十分ではないかと思い、虚子編『新歳時記』を確かめると、「上に」であった。虚子先生が、二つの句形を吟味した上でのせたとは思えないが、面白いことである。又、この『新歳時記』には、私の好きな次の句がある。

揚雲雀時々見上げ憩ひけり　　素十

この句は、虚子選『ホトトギス雑詠選集』にあり、大正十三年作であるが、他の歳時記には採用されていない。それは平凡と見えるのであろうか。

一昨年、狭山の茶畑で、久しぶりに、目の前から翔び立ち、翅の形がだんだん見えなくなって鳴き続ける雲雀を、あきることなく眺めた。その時又、心に浮かんだのは、素十さんの句だったのである。

燕

燕が、私の住宅地の町筋に来るのは、春の彼岸から四月初めにかけてである。バスを待っていると、電線に止まっている鳥が急に飛び立って降下し、一閃して空へ翻る。やっぱり燕だ、燕が来たのだということがうれしく、いよいよ春も酣《たけなわ》という感じがする。通りの何軒かに巣が作られ、子が誕生し、やがて秋には群をなして南方へ帰ってゆくが、その間いつも人の生活の中に溶け込んでいる。

山本健吉著『基本季語五〇〇選』によると、燕は、『万葉集』の家持の歌に詠まれているが、雁が歌の題として喜ばれたのに対し、燕は歌では殆ど顧みられず、季の詞としての初出は連歌時代であるが、題目として注目されたのは俳諧だったとし、「燕は始めから親しい市井《しせい》の景物であった」という指摘は面白く、実感がある。

燕の漢字は、つばめの飛ぶ形にかたどったものだと辞典にある。併し『滑稽雑談』（正徳三年）に「△和訓、つばめ・つばくら・つばくらめ、これ〈土はむ〉の略語なり、轉語なり。土をはみて巣作るなり」とあり、又漢名「乙鳥」につき、『改正月令博物筌』に

「乙とは鳴く声によるなり」とあるのは本当であろうか。

飛んでいる姿だけでなく、燕の声は又印象的だが、次の句は鋭い描写である。

飛び溜る燕の声を打あふぎ　**草田男**

雑詠句評会に於ける、虚子の評。

　夕暮の空になると燕が片方の空から片方の空に飛んで行く、又、片方の空から片方の空に飛び返して来る、そういう事を繰り返し巻き返してやって居るのであるが、或る時其返さんとする時の燕が大空の一ト所に沢山かたまったようになった、とそういうことを言ったのであって、其時の燕の声は沢山の慌だしい声が重なって聞えて来た、思わずそれを打ち仰いだ、と云うのであろう。大変珍らしい光景を捕えて来たものであって、且つ力強く描き出されていることに注意すべきだ。

私も経験したことが確かにあると思うが、こうは作れないし、鑑賞が適確だ。

芽柳

芽柳の句として、すぐ思い浮かぶのは、

退屈なガソリンガール柳の芽　　風生

昭和九年作で、東京大手町の濠端近い町角あたりにあった、ガソリンスタンドの赤いボックスの風景である。私が十二歳、中学に入った年で、当時両親とお濠端に行ったこともある。しかし、その時の記憶というよりも、この句には、その時代を鮮明に浮かばせる力がある。

句を知ったのは、勿論俳句を作り始めた、昭和十六年以降の戦時下であるが、十七年秋から、草樹会に入会、直接風生先生にもお目にかかることが出来た。虚子編『新歳時記』を手離さず、虚子、青邨両師の句集だけでなく、「ホトトギス」の作家の句集をむさぼり読んだものだ。

『俳諧歳時記』（改造社　昭和八年）春の部は、虚子編で、まとめは風生。その中では、「芽ばり柳」が首題で、「芽柳」「柳の芽」が傍題である。これは、それまでの歳時記に従ったものと思う。曲亭馬琴編『俳諧歳時記栞草』に、「めばり柳」とあり、「早春芽のまさに出んとする柳云々」と解説されている。

「芽柳」の解説としては、『風生編歳時記』（昭和四十六年）が流石にすぐれていて次の如く書かれている。「花紅柳緑などと言うくらいに柳が鑑賞されるのは、芽ばり柳の嫋嫋たる風情が、日本的な美意識に適うからであろう」。

毎年三月に入ると、私は近くの公園の柳を毎日見にゆく。十メートルにも及ぶこの柳は、或日風になびいた時に、今迄と違った、黄みどりを浮かべる。それがまさに柳の芽吹きである。それからしばらくの柳の芽はまことに美しい。そして、「退屈なガソリンガール」の句はいかにもあの昭和の初めの都会風景であって、芽柳の本意の句と思う。種々の論難に対し風生先生は自解で、「風俗詩の意味だけでなく、措辞、句法、殊に感覚の匂いもあると思うがどうだろう」と記している。

剪定

「剪定」は、虚子編『新歳時記』にはなく、稲畑汀子編『ホトトギス新歳時記』に新しく入れた季題である。その解説は、「春、芽吹く前に、林檎、梨、葡萄などの果樹の生育や結実を均等にするために、枝先を剪ったり、込んでいる枝を刈り込んだりすることをいう」。例句に、

剪定の鋏の音に近づきぬ　けん二

がある。この句は、〈剪定の一人の鋏音を立て〉の句と共に、昭和三十一年作。清崎敏郎、湯浅桃邑さん等、新人会の有志で、諏訪湖畔に吟行、木村蕪城さんの案内により林檎園を見て作った句である。

剪定の試し鋏を猫柳　桃邑

遺句集『虚子信順』の昭和三十一年にあり、敏郎さんが「序に代へて」の対談で、「け

ん二さんも一緒の時の句ではなかったかと思ふんですが……。『試し鋏』、なんでもないけれどうまいですね」と云っている。敏郎句集『島人』に「諏訪に遊ぶ」二句はあるが、剪定の句ではない。

『図説俳句大歳時記』（角川書店）を見ると、考証に『改正月令博物筌』（文化五年）に「修レ樹《えだをきる》　果樹の小枝枯枝など切るべし。実をむすぶこと大きなり」とある。

例句に古句はなく、次の句があった。

剪定の遠きひとりに靄かかる　　蕪城

句集『寒泉』と出典が出ている。〈寒泉に一杓を置き一戸あり〉という私の頭にいつも残っている代表作から題名のついた句集である。いただいていたその句集を久しぶりに開いてみると、「剪定」の句は、何と昭和三十一年にあった。そうだとすると、私達を案内して下さった時の句と云ってほぼ間違いなかろう。

蕪城さんは、大正二年鳥取県境港に生まれたが、病を得、虚子先生、青邨先生に俳句を学び、療養のため一時信州富士見高原に居た。後に諏訪に住み、教職に就き、一方、俳誌「夏爐」を創刊、境涯の滲んだ自然詠の俳人の第一人者となられた。

この文章を書くことで、五十六年前の記憶が、急に鮮明に蘇ったのである。

防風

私が海岸に自生している防風を、初めてゆっくり見たのは、遊子さんと一緒であった。昭和五十九年の早春だったことは遊子句集『落花』にその時の句があるから分かる。英さんとも一緒だったので電話をすると、私達二人と高田風人子さんを車に乗せ、三浦半島の先端の三戸浜あたりへ行きましたよ、と云う。

防風を摘んだり、掘ったりして、葉柄のほんのりとした紅色をしみじみと見たものである。その後いくつかの海岸で防風を見て、今回あらためて種々の歳時記を読んでみると、虚子編『新歳時記』の解説が最もよく書かれている。

春さき海辺の清らかな砂地を歩いてゐると、鬼芹に似たかたい防風の葉が一葉・二葉づつ砂にはりつくやうにわづかに生ひ出てゐるのを見出す。砂をかきわけると、白い長い茎や、紅色の美しい葉柄、黄色を帯びた嫩芽が砂深くひそんでゐる。これを摘んで生のまま刺身のツマとしたり、或は茹でて酢にひたして食べると香気もよし、誠に美しい感じのよいものである。

『図説俳句大歳時記』（角川書店）によると、防風即ち自生の浜防風は、江戸時代からつま物として利用されたとあり『花火草』（寛永十三年）から季の詞になっている。明治以後は栽培されるようになり、これは葉柄に光を当てて着色して紅を濃くしていると云う。

平成十年の十二月BS俳句王国で松山に行った時、収録の次の日、高瀬竟二さんと虚子先生が幼時を過ごされた西の下《げ》へ行った。十二月と思えぬあたたかな日で、「遍路の墓」の句碑のあたりから海岸など、二時間余りをなつかしく歩き且つ佇んだ。句碑の近くの鉢に防風が植えられており、その葉柄が春先と違ってただ長々と伸びていることがあわれであった。

虚子先生が西の下に来られ防風の句を作ったのは、昭和十八年三月二十九日、次の句が虚子編『新歳時記』にある。

ふるさとに防風摘みにと来し吾ぞ　　虚子

初桜

虚子編『新歳時記』の解説は、「桜の咲き初めたのをいふのである。初花」と、極めて簡潔である。この場合の「初花」は「初桜」の傍題。歳時記によっては、「初桜」「初花」を別に首題として立てているものもあるが、解説は、同義となつている。「その土地土地によって、必ずしも品種を限定して言う必要はない」と山本健吉氏は云い、その通りと思うが、定点観測地を持つ私には、「染井吉野」に最も関心がある。

毎年、三月半ばから、近くの清瀬市中里にある東光院というお寺へ毎日通う。入口に山門などは特になく、本堂を正面にして六段の石段がかかり、六地蔵が置かれている。左手は車で入れるようになっているが、その石段の左右に、樹齢が今では優に五、六十年は越す三本の「染井吉野」がある。空高くまで枝が重なっており、又顔近くまで垂れる大枝もあってなかなかの桜なのである。

開花は、明日は必ずと思っても、少し気温が低いと二、三日くらい続けて咲かない年がある。そして次の日外出して夕方の帰りに寄ると、もう一分咲きといった具合で、初花に会えない年もよくあった。

昭和六十年であるから大分旧い話になるが、その年もこの桜に通った。そして当時、千代田区一番町の古館曹人さんの家の近くが会場であった「木曜会」に行く途中の、市ヶ谷の九段通りの桜でも初花の句を作った。それらの初花の句を「木曜会」に出した中に、

人はみななにかにはげみ初桜　　けん二

の句があった。それは、一つの季題に集中して数多く作った時に、授かるように生まれた一句なのである。

この句は西村和子さんの名鑑賞で、中学校の国語教材になり、又「花鳥来」のお仲間により句碑ともなったが、その句の出来た時は俳句の神が一瞬私に宿ったもので、滅多に、そういうことはない。

草餅

春先になると、和菓子屋の店頭に「草もち」という紙が貼り出される。昔と違って、春だけ売られるわけではないが、この貼紙の見られる頃の草餅は、ことに色艶がよく、おいしそうに感じられるし、いよいよ春が来たという感じを深くするものの一つである。この草餅、蓬をさっと茹で細かに刻み、上糝粉《しんこ》（米粉）をこねて蒸したものと混ぜて搗き、中に餡を入れたものである。また上糝粉でなく、餅の中に搗き込むものもある。

もともと草餅は、和菓子屋に並べて売るというよりも、掛茶屋などで商い、又田舎では何かといえば家で作ったり、いたって家庭的、庶民的なものだったのである。茶巾絞り形にして皿に盛り、砂糖や黄な粉を添えて出すこともあり、草だんごも草餅の一種である。

草餅の黄粉落せし胸のへん　　虚子

は、昭和八年四月、熊野の中辺路、栗栖の茶店で休まれた時の句。

草餅の傍題に蓬餅と共に母子餅がある。『図説俳句大歳時記』（角川書店）の「草餅」の考証を見ると、『改正月令博物筌』（文化五年）三月三日、「△蓬餅△菱の餅△母子《ははこ》餅。鼠《ははこ》麹《ぐさ》の汁を取り、餅とし、竜舌餅《りゅうぜっぺい》と名づく。今日食すること唐にもあり、本朝にも『文徳実録』に、ははこ草の餅を用ひることあれば、古へはこれを用ひしなり。艾《もぐさ》も能《のう》よき物なれば、中世より用ふることと見えたり」とある。

　平安朝では、母子草を用いた母子餅を草餅と称したことは文献でも明らかであるが、蓬を何時から用いたかは、はっきりしないようだ。しかし蓬の香気及び上巳（三月三日）の禊ぎの行事から、蓬が上巳と関係深くなり、三月三日に蓬餅を作ることが多くなり、それが一般化したものと思われる。しかし、母子餅の例句が、手元の歳時記に見当たらず、子規の『分類俳句全集』にもないのは、たとえ母子草を用いた場合でも、句では草餅と詠まれて来たためであろうか。

桜餅

三つ食へば葉三片や桜餅　　　虚子

口の中には未だ桜餅のおいしい味が残っていて、目の前に重なった葉が匂うようである。普通葉は、一枚であるが、向島長命寺の桜餅は三枚、時に二枚使ってある。江戸時代からある元祖だけに、大川端のあの赤い毛氈の敷かれた縁台で食べると味も格別。昭和三十年頃か、列に並んで買った覚えがあり、その時の味が今でも忘れられない。戦災を免れ、昭和二十五年頃には既に開店していたそうだ。

桜餅の葉が大島桜の葉であることを知ったのは、歳時記編集委員になってから。以来、これは桜と云っても、ソメイヨシノの葉ではありません、ほら真白の花で、大島や伊豆房総あたりには自生しているんです、など得意気に話してきた。

平成元年十二月、伊豆松崎に旅をした。沼津から高速艇で着いた松崎は、古くは遠洋漁業の基地であったが今は温泉が出て、民宿の多い、しかしまだ静かで落ちついた港町。翌日、車で吟行に出掛けると運転手が、近くの畑を指し「これが桜餅に使われる大島桜の苗木畑です。根元から切って、花は咲かせず若い葉を摘んで、それを塩漬にします。その出荷の最盛期が今で、来春まで続きます。生産量は全国一です」と、滔々と話してくれるではないか。なるほど至る所に桜葉畑がある。車をとめて貰って近くに行くと、高さ二米弱の桜の苗木が桑のように下から何本かに枝岐れして直立し、それがかなり密に植えられて畑をなしている。わずかに紅葉が残っていた。

町の観光課の話では、本格的に栽培を始めたのは昭和三十七、八年頃で、古くからあった養蚕の桑畑の跡地を使った。もともと大島桜はここに自生はしていた。流通経路は漬物工場を通して個人的に販売されているので、数字はつかみにくいが、全国でのシエアーは七〇パーセント位ということであった。

梨の花

今ではすっかり住宅化された、所沢市の私の家の周辺であるが、散歩に出かけられる範囲に、未だ畑が残っていて、その中に一ヵ所五百坪ばかりの梨畑がある。

二十年ほど前、その梨畑の花が丁度盛りの時に行き合わせたことがある。新緑の葉の間に純白五弁の花が浮き立ち、まことに美しかった。梨畑といっても道路側はコンクリート塀になっていて、門から入らなければ、近くで見ることは出来ない。たまたま、小柄な年配の人が門の中にいたので声をかけた。日に焼けた顔で、今はもう息子に任せて楽をしていると云い、棚作りの木の下まで入れて貰い花を見ることが出来た。四月の末で、そばで見ると花に沢山の小蜂が静かに翅をふるわせていて、驚いたものである。長十郎の改良種で、その実の生っている頃には何度か通りかかったが、花は数日で散るので、その後うまく盛りには出会えない。

普通我々が梨というのは、自生の高木を改良して食用にしたもので、棚作りされている。長十郎（赤梨の基本種）二十世紀（青梨の基本種）に代表される日本梨の原産は中国ともいわれるが、『飲食事典』（昭和三十三年）の著者本山荻舟氏は、「わが国では既に延長（九二三〜三一）年間に栽培の記録があるから伝来はもっと古く平安初期であろう。栽培の歴史が古いのでいつしか『日本梨』とよばれるようになった」と記している。

このように古くから果樹として日本に定着していながら、その花が中国ほど詩歌に詠まれず、俳諧、俳句となって好まれるようになったのは、清少納言が『枕草子』のなかで「梨の花は世にすさまじくあやしき物にして云々」とのべているのに代表される当時の文学観であろうか。

俳諧では芭蕉時代以来の作例があるが、花そのものが詠まれるようになったのは、虚子先生が客観写生を説き、成熟した大正末以降である。次の句は昭和七年作。

梨棚の跳ねたる枝も花盛　　**松本たかし**

亀鳴く

虚子編『新歳時記』に次の如く解説されている。

夫木集にある為家の「川越のをちの田中の夕闇に何ぞときけば亀のなくなる」といふ歌が典據とされてゐる。馬鹿げたことのやうではあるが、しかし春の季題として古くからなれてゐる「亀鳴く」といふことを空想する時、一種浪漫的な興趣を覚えさせられるものがある。

どの歳時記も、この『新撰六帖《しんせんろくじょう》』（寛元二年）の藤原為家《ためいえ》の歌をもとにして、亀が鳴くことにしているが、どんな鳴声かを書いているものはない。『図説俳句大歳時記』（角川書店）に、「……カメには声帯も鳴管も声嚢もなく、それに代わる発声器もないから大きな声で鳴くことはないが、かすかにピーピーと声を出すことはあるらしい。またいじめるとシューシューという声を出すという。しかし、これらが鳴き声といえるほどのものかどうかは疑わしい」（今泉吉典氏）とあるのが事実であろう。

「蓑虫鳴く」（秋）は、『枕草子』に、「八月ばかりになれば、ちちよちちよとはかなげに鳴く、いみじうあはれなり」とあることから季題となった。蓑虫の場合は、「鉦叩」が秋深くなって小さな声で鳴くのを間違えたというのが、現在の多くの昆虫学者の説である。それに対して、「亀鳴く」には、そうした解明がないだけに、一層文学的に面白い気がする。

真下喜太郎氏は、その著『詳解歳時記』で、「亀鳴く」を記しているものの多くは鼈（スッポン）が鳴くとしている、といくつかの文献をあげており、流石に博覧。その結びは、亀が鳴くのは俗説であるが、為家の時代に既に「亀鳴く」の観念は一般にあったと思う、と書いている。スッポンはカメの一種でも、やはり「亀鳴く」でなくては面白くない。

古句が殆どないのは歳時記にのったのが、『四季名寄』（天保七年）からということもあろうが、現代的で、ロマンチックな季題であるからであろう。

亀鳴くや皆愚なる村のもの　　虚子

春陰

稲畑汀子編『ホトトギス新歳時記』（三省堂）第三版に、三十の新季題が追加されたが、「春陰」はその一つ。「春の曇りがちな天候をいう。花時に限らず広く使われ、その語感からやや重く暗い曇り空が思われる」と解説されている。

季題の配列は、四月の「花曇」の次に置き、㊂が入った。その月に限らぬ意味である。虚子選『ホトトギス雑詠選集』には「春」の季題の中に次の二句がある。

春陰や掃き加はりし破れ箒　　千葉城

春陰や鏡かけある農具小屋　　棚橋　影草

しかし虚子編『新歳時記』の首題にはなっていなかった。

「春陰」の句として、私には忘れられない山口青邨先生の句がある。

悲しみは春陰の波のごとく寄す

昭和三十四年、虚子先生の亡くなった年の句である。句集『粗餐』にあり、句集をとり出して読んでみると、寿福寺での密葬の翌日、草樹会があり、そこで、

鎌倉が遠くなりけり花ぐもり

など三句を作られている。「春陰」の句は、その後に出来たものであった。

『山口青邨季題別全句集』には「春陰」の句は、既に昭和二十九年にある。

春陰や大濤の表裏となる　　青邨

この句には、詳細な自解もあった。

「熱海で作った。街からすこし離れた高いところで作った。時々大きい波が来る」と書き、じっとそういう波を見ていると自分がその波に乗っているような錯覚に陥ると書かれている。更に、

「春陰という季題はむずかしい、花曇のようなものだという人もあるが、もうすこし違った心持がある。曇った空の下でもこういう大きい波には表裏明暗がある。それは人の心持でもあると思う」と書かれていた。

虚子先生の亡くなられたあとの「春陰」の句は、この「春陰の波」だったのだ。

椿寿忌

虚子先生が亡くなられたのは、昭和三十四年四月八日午後四時。釈迦誕生の日で、八十五歳の生涯は大往生には違いないが、その悲しみは、私の心の中でいつまでも尾を引いた。次の年から、毎年、お墓のある寿福寺で法要があり、その後「ホトトギス」「玉藻」主催の虚子忌句会が開かれ、三、四百名の方が全国から集まる。

虚子忌は又椿寿忌ともいわれる。先生が椿を好まれ、庭にも植え、句も多く、「椿子物語」の作品などもあることから、戒名が、虚子庵高吟椿寿居士となったことによる。

昭和六十三年九十六歳で亡くなられた山口青邨先生は、昭和六十一年迄、ホトトギス同人会長として毎年殆ど虚子忌を欠かすことがなかった。

その青邨先生に「虚子椿百句」という昭和二十四年のエッセイがある。それまでの虚子先生の「椿」の句を句集から拾い、これを時代別に分け、作風を論じた一つの虚子論であるが〈小説に書く女より椿艶〉などの近作をあげ「虚子はもともとロマンチストであるが、俳句は感情に溺れては堕落すると悟り、それ迄はリヤルに徹しようとした。七十歳を越え、この堰は切られ、絢爛たる感情はほしいままにほとばしり出た」とし、「一生をかけてこれらの艶麗な句を作るため努力されたようだ」と迄述べている。

虚子先生の椿の句は生涯で約二百十句。

青邨先生は虚子忌の句会での句を六十句位句集にのせているが、「椿寿忌」の句は二句、花と結びつけた句の方が多い。『ホトトギス新歳時記』の例句も椿寿忌は一句、なかなか「子規忌」の糸瓜忌や獺祭忌ほど句になじまぬようだ。

咲き満ちてこぼるゝ花もなかりけり　**虚子**

は、昭和三年四月八日の作。やはり、花がふさわしい忌なのかもしれない。

師にまゐらす句なり花衣恋衣　**青邨**

霜害

平成十六年、八十八夜に当たる五月一日、「花鳥来」の例会は、狭山入曽茶畑の吟行であった。西武新宿線入曽駅に近い狭山茶処の一つで、この数年続けている。

会場に着くと、近くの少し傾斜した広い茶畑には、もう何人もの人がちらばって吟行していた。よく晴れて、陽炎が立っている。やがて何ヵ所か雲の影のように黒い部分のあるのに気がついた。それが、数日前にあった遅霜の霜害だったのである。茶畑には、多くの防霜扇があり、又いくつかの畑には寒冷紗がかけられているが、広い茶畑では、強い遅霜は防ぎようがないということであった。最近にないひどい霜害で、新茶として摘むべき新芽はちぢれ、茶摘機で、枝先を剪り、次の新芽を待たなければならぬという。

虚子編『新歳時記』に、「霜害」は、「霜くすべ」の傍題としてある。例句は、

霜害や起伏かなしき珈琲園　　佐藤　念腹

昭和九年の初版には無く、昭和十五年の改訂の際、この例句を得て傍題として加えられたことが分かった。『新歳時記』は、天文・人事などの区分をせず、縁の深い季題を並べ配列しているので、この「霜くすべ」は「八十八夜」「別れ霜」（傍題、忘れ霜）の次に配列されている。

「八十八夜の別れ霜」というように、その頃で霜は終わるが、その霜が降ると、嫩葉《わか》が枯れ、ひどい害を受ける。桑畑の被害が特に大きいので、籾殻・松葉などを焚いて煙幕を作り、畑一面を覆うようにして霜害を防ぐ、それが「霜くすべ」である。現在は桑畑が減り、方法もランプが用いられているようだ。

他の歳時記を七つほど当たったが、どれも天文・人事で区分されているので、「霜くすべ」は人事にあり、例句がある。一方、「忘れ霜」の傍題となっている、「霜害」には、例句はない。それは念腹氏のように、生活を左右される人が作らないからであろうか。虚子編『新歳時記』の「八十八夜」の次の例句に沈思する。

霜害を恐れ八十八夜待つ　　虚子

藤

草臥て宿かる比《ころ》や藤の花　　芭蕉

「藤」といえば、古典ではすぐこの句が浮かぶ。一日中歩き疲れて、夕方宿をとる頃、藤の花が長く房を垂れていたというのである。暮春のものうい感じの中の旅愁が詠みこまれ、それは藤の花の本意ともいえる。『猿蓑』には「大和行脚のとき」の前書をつけて入っている。

『俳句歳時記』（平凡社）に、植物学者本田正次氏は次の如く書いている。

フジはマメ科の蔓性落葉木で、山野に自生が多いが、また観賞用として神社仏閣の境内や公園などに植え往々棚づくりとする。蔓は右巻、葉は多数の小葉からできた奇数羽状複葉で互生している。花は紫色の蝶形花、四、五月ごろ、長い総状をなして長く垂れ、一メートル近くに達するものがある。

別称ノダフジであり、別にヤマフジがある。それは、「蔓が左巻で葉の裏に特に毛が多く、花が大きく、花のふさが短い」ことでフジと区別されるとしている。

どちらも山に自生し、庭にも栽培するので、区別して名前を呼ばねばいけないと書いているが、それは俳句では難かしい。

ヤマフジは図鑑で見ると、花の房は一〇～二〇センチメートルとあり、私の家に近い清瀬の街角のものがそれと思われる。しかし俳句では山藤とは詠まない。一方、多摩の百草園に行った時、棚藤の他に山にも藤が長い房を垂れ、風にゆらぐように見えた。これはヤマフジではないが、俳句では山藤と詠むこともある。

頭句の藤は、軒先の藤であろうか、山藤であろうか。しかしこの句は、そのような詮索を越えて、どこにも咲き垂れていた藤房そのものを、読み手の心に浮かび上がらせ、不易の名句なのである。

古歌に発想した初案「ほととぎす宿かる比の藤の花」の推敲と聞くと、一層芭蕉の造化への心の入り方がよく分かる。

春の闇

「花鳥来」で続けて来た、虚子先生の『七百五十句』輪講が、平成十九年十二月二日の二十四回で終りとなった。その日の鑑賞句の一つに次の句があった。

灯をともす指の間の春の闇　　虚子

昭和三十四年、亡くなる一ヵ月前の句。

玉城徹著『俳人虚子』に、この句が書いてあったのを思い出して、久しぶりに再読した。平成八年発行であるが、雑誌「俳句」に四年間連載したのをまとめたものである。刊行前年の三月、当時の「俳句研究」編集長赤塚才市氏の企画で、沼津に玉城さんを訪ね、「虚子の空間」という題の対談をしたことがある。

玉城さんは、大正十三年生れの北原白秋を師とする歌人。読売文学賞を受け、又日本文化に深く根ざした屈指の評論家でもある。若い時から虚子が好きだったと云われ、すっかり楽しい対談となった。

『俳人虚子』の中で玉城さんは、「春の闇」の句につき、次のように書いている。

(1)「春の闇」は、本来「春の夜の闇」で、以前に用例があったか疑われる。

(2)この闇を虚子は局限された部分におしこめられた物質的存在として扱う。画家ブラックに通じる前進的新しさだ。

輪講では、この句の場合当時の電灯は、指で回すスイッチであり、女の人の指だという意見が出て、部分的な闇という鑑賞に落ち着いた。

又虚子編『新歳時記』に「春の闇」はないが、虚子選『ホトトギス雑詠選集』(昭和十六年)では、「春」という季題の中に、次の句を含め「春の闇」の句が四句入っている資料も提出された。

春の闇幼きおそれふと復《かえ》る　草田男

四句の春の闇はどの句も部分的闇とは限らない。

虚子選『ホトトギス雑詠選集』を読み直すと、「春」の季題には、「春の闇」以外に「春塵」の句も含まれている。「春塵」は、昭和六十一年刊稲畑汀子編『ホトトギス新歳時記』に、「春の闇」は平成二十二年の第三版に新しく採用された。

夏

鯉幟

五月の青い空を泳ぐ、真鯉緋鯉の鯉幟は、いかにも男子の節句にふさわしく、全国到るところに見られる。

この鯉幟は、いつの時代から、五月の節句（端午）に立てられるようになったのであろうか。文献は、多く『東都歳時記』（天保八年）から引いているが、その中に「端午御祝儀」があり、軒菖蒲、柏餅などの行事を書いたあとで、次の如く述べている。

武家は更なり。町家に至る迄、七歳以下の男子ある家には、戸外に幟を立、冑人形等飾る。（中略）紙にて鯉の形をつくり、竹の先につけて、幟と共に立る事、是も近世のならはし也。出世の魚といへる諺により、男児を祝するの意なるべし。（後略）

『図説俳句大歳時記』（角川書店）では、山田徳兵衛氏が、端午の幟、鯉幟の解説を詳しく書いている。端午の節句に、幟、吹流しなどを立てたのは、江戸時代の初期からで、紙幟が広く用いられた。図柄も石畳、立ち波から武者絵に移り、その中に鯉も描かれていた。江戸中期からは、幟の小旗に紙製の鯉をつけることが始まり、この鯉を大きく作り、吹流しに示唆を得て、棹の先に立てたのが、今日の鯉幟の始めという。従って名称も「鯉の吹流し」であったようである。明治時代までは紙製が主で、布製は特別上等というが、広重の「名所江戸百景」に画かれた大きな鯉幟は、布製であろう。

　今でも武者絵の外幟を立てているところはあるが、幟は大方内幟となり、外幟は鯉幟にとってかわられたと云える。

『俳諧歳時記』（改造社　昭和八年）では首題は「幟」、「鯉幟」はその傍題であったのを、虚子編『新歳時記』（昭和九年）では、「鯉幟」を別に首題に立て、その古称「五月鯉《さつきごい》」を傍題に立てた。しかも改訂版（昭和十五年）の例句に五月鯉の次の句を新たに加えているところなど、いかにも虚子先生らしい自由さが見られる。

黄塵を吸うて肉《しし》とす五月鯉　　　**しづの女**

新茶

毎年五月になると近くのお茶屋さんには、一斉に緑の新しい旗が立ち、狭山の新茶が売り出される。又、真空パックした新茶を知った方からよく頂戴する。

私の家は、清瀬市と川一つ隔てた埼玉県所沢市にあるが、傍の野菜畑の周囲には茶垣が多いし、又茶畑も小さなものならどこにでもある。更に西武鉄道に乗って入間、狭山の方へ行けば、到るところに茶畑が広がっている。

以前、西所沢近辺の茶畑でゆっくり茶摘みを見せて貰い、製茶工場でそれが煎茶になってゆく工程も見て、初めて茶摘みというものの実感を得ることが出来た。今は機械摘みが多いから、手摘みは一番茶だけだ。その後、入間の方で、手摘みを一緒にさせていただいたこともある。

このあたりの茶は、秩父や、東京多摩地区を含めて狭山茶として全国でも名が通っているが、歴史的にも古く、既に鎌倉・室町時代から河越茶（川越茶）としてわが国名園五場の一つとして数えられていたという。日本の茶の栽培は鎌倉時代に栄西禅師が中国から茶種子を導入したのが最初であるから、その古さも分かる。その後江戸時代は大消費地に近く、明治以後は横浜港を通して輸出され戦後も栽培面積が広がり盛んになった。

今我々が飲む煎茶、玉露、抹茶、番茶は、いずれも葉を蒸したあとで乾燥したもので、機械化されているが、昭和の初めには、家毎に焙炉《ほいろ》の上で手揉みで乾燥していた。この焙炉は箱形の炉で、中の炭火へ藁をかぶせ、上の金網にのせた厚い和紙の上で熱くなった茶を両手にすくって力一杯揉むのである。

昭和六年五月三十一日武蔵野探勝会の時の、

家毎に焙炉の匂ふ狭山かな　　　虚子

は、その様子である。今は機械化されたが、畑から直接小売店への販売ルートが多く残っているのは狭山の特長である。

「今年の新茶は五月二日（八十八夜）朝に摘み製茶し、三日一斉に売出します」と三月からお茶屋では予約の募集中だ。

くらやみ祭

曾て、武蔵国に国府の置かれた頃からの伝統を持つ府中市の大国魂《おおくにたま》神社例大祭は五月五日で、「くらやみ祭」ともいう。

江戸時代後半の記録によると、祭の夜は宿《しゅく》内にあき間なく高張提灯が立ち並び、家々に丸提灯や行灯が昼のように明るく、近郷遠郷から群衆が集まり、数十軒の旅籠屋には幾百の旅人がつめ合ったとある。

夜十一時頃神輿が出御《しつぎょ》する時は、すべての灯が消され、暗夜の中を人なき如くに静かに御旅所に向かったという。それに対し翌日未明三〜四時ごろの還御《かんぎょ》の時は、太鼓を合図に、家の灯、提灯、松明、篝など一斉に火が点じられ鬨《とき》の声をあげて、エッサエッサと懸声をかけ、神輿は神社に戻った。

明治以降も氏子の人々が中心となり、これに各地の講中が協力して祭は盛大に行われ第二次世界大戦後も、昭和二十一年から早くも復活したという。ただ急激な地域社会の変貌で、深夜火を消しての渡御は、昭和三十四年で中止となった。

頬冠りくらやみ祭戻りなる　白草居

上林《うえばやし》白草居氏は、府中生れの「ホトトギス」同人で、「草」主宰。流石に「くらやみ祭」の雰囲気をよく伝えている。

現在の大国魂神社の例大祭は、神輿の出御は五月五日午後四時、還御は翌六日の午後四時。くらやみ祭の名残りは、祭の供奉者《ぐぶ》が白い烏帽子を冠り、白丁《はくちょう》という白張《しらばり》を着ることなど、闇でも見分けがつく仕来りにある。大正時代からは六張の大太鼓が山車にのせられて曳かれるようになり、昭和六十年には、口径二メートルという日本一の御先払太鼓が加わって先導し、これが今の特徴となった。

平成十二年の例大祭は快晴。大太鼓六基、神輿八基が御旅所に向かうのを見に行ったが、夕日がまともで、金色燦然たる神輿揉みが見られた。しかし、「くらやみ祭」という名前は、名ばかりのものとなった。

現在名前通りの「くらやみ祭」と云えば、京都県《あがた》神社の六月五日深夜の梵天《ぼんてん》という御《ご》幣《へい》の渡御のことになるのであろうか。

神田祭

久しぶりに神田明神へ詣ったのは、平成二十四年三月二十六日。よい天気であったが、随身門の左手の桜は一つも咲いていなかった。
本殿は平成の御造替事業で美しく塗り替わっており、そこに詣ったあと社務所分室に寄り、神田祭の資料（以前はＡ４判一枚）がないかと尋ねた。巫女が「平成23年神田祭公式ガイドブック」を持って来た。Ａ５判48頁の立派なもので、カラー写真が沢山入り、祭の詳細が分かるよう編集されている。この本は、印刷段階で東日本大震災が起こり、神田祭が中止されたため、一冊三百円の売上げを義捐金とする趣旨の紙が一枚入っていた。

神田明神の祭神は、大己貴命、少彦名命、平親王将門公霊。創建は古いが、徳川秀忠がこの地に元和四年（一六一八）桃山風の豪華な社殿を建て、江戸鎮護の神として以来、江戸の守り神として栄えた。神田祭の最も盛んになったのは元禄時代で当時は九月十五日。町毎の華麗な山車が神幸祭に加わり町を練り、江戸城にも入り天下祭と呼ばれた。明治二十五年（一八九二）からは五月の夏祭となり、関東大震災以後は、焼けてしまった山車に代わり、神輿中心の祭となった。現在の五月第二日曜日を中心の一週間に定着したのは、昭和五十年頃と思われる。

「神田祭」を『ホトトギス新歳時記』に季題として入れることが決まり、その解説を書くため神田明神へ行ったのは、昭和六十年五月である。社務所で貰った資料を持って、五月十一日（土）には、神幸旗、神田囃子、神輿、騎乗の禰宜などと長々続く神幸祭の行列に蹤き、一時間ほど神田の町を歩いた。次の日の朝九時から境内の動けぬ賑わいの中、「何番神輿……町」の声とともに次々に拝殿前へくり込む神輿を興奮して眺めていた。

ちちははも神田の生れ神輿舁く　　けん二

今年は陰祭の年なのでガイドブックの出版はない。この時局下、どんな陰祭になるのであろうか。

筍

筍は、竹の地下茎から出る新芽で、これを掘りとって含め煮、木の芽和え、すまし汁、更に筍飯などとし、初夏の季節料理に欠かせぬものである。竹には孟宗、真竹、淡竹《はちく》などの種類があり、どれも筍として食べられるが、孟宗が季節的にも早く出、肉も柔かく、味もよく、一番出回っている。古名「たかうな・たかんな」「笋《たけのこ》」「竹の子」とも書く。

さて、この孟宗竹は、江戸では後期に近い明和（一七六四～七二）の頃でも未だ珍らしかったのである。もともと中国江南原産で、元文元年（一七三六）琉球から薩摩の島津家へ寄贈されて来たのを島津家の別邸、鹿児島の磯公園に植えたのが始まりで、京都、やがて江戸に植えられ、わが国の風土に適して、全国にひろがったのである。

筍は連歌時代から夏の季とされ、『日次紀事』（貞亨二年）には、四月と登録され「この月、洛内外竹林、笋を生ず。その中、嵯峨・醍醐の産を最とす。醍醐寺の僧徒、笋を蒸し、人家に贈る。これを蒸笋といふ。柔脆淡薄、尤も食ふに堪へたり。近年、醍醐三宝院門主ならびに小野随心院門主、禁裏・院中および高貴の家に献ぜらる。…」とある。

これは将軍綱吉の初期で、孟宗竹が日本に入る前である。醍醐寺に電話をかけ確かめたところ次の事が分かった。

最近「春日局書状」十通が発見された。これは将軍家光の病気平癒祈願の依頼と礼が主体であるが、その中に、送って貰った蒸筍がおいしかったと書いてある。寛永六年(一六二九)頃のものであるから、その頃既に蒸筍のあったことは明らかである。この蒸筍、筍の生えたまま、まわりの土を除き、ここに火を入れ薫製のようにして焼いたもので、竹の種類は分からないと清水師が話して下さった。

真下喜太郎著『詳解歳時記』などからも、この時代の筍は孟宗竹ではない。やがて晩春から出る孟宗竹の筍が普及して、「春筍」という言葉も広がったものと思う。

桐の花

電車いままつしぐらなり桐の花　　立子

桐の花の句というと、まずこの句を思い出す。俳句を作り始めた学生時代から好きな句で、『玉藻俳話』を読むと昭和八年五月十五日作。この日丸ビルで句会があり、帰りの品川を出て京浜間の無停車の間の窓外詠。切れ味のよい句で、美しい立子先生の立姿と重なって来る。

桐の原産地は中国と日本との両説があるらしいが、古来、各地の庭や畑に栽植されている喬木。今でも電車の窓から、うす紫のこの花の咲いている姿を見ると、一番よい季節だという感が深い。

『大歳時記』（集英社）によると、桐は、歌では「桐の葉、桐の落ち葉、桐の枯れ葉などが詠まれ、花はあまり詠まれなかった」。「一葉落ちて天下の秋を知る」（『淮南子《えなんじ》』）の詩句によって、『夫木抄』で桐は秋の題に入れられ、「桐の葉」が多く詠まれるようになった。「桐の花」に季題趣味を見出すのは連俳時代に入ってからで、近代に入ってからその感覚的な清新さから好んで歌や句に詠まれているという歌人高野公彦氏の解説は、まことに適切である。『俳諧初学抄』（寛永十八年）以来、四月の季題として掲出されている。

平成元年五月十日、盛岡市東禪寺で、山口青邨先生の納骨式が行われた。その前年十二月十五日九十六歳で亡くなられ、十二月二十八日、青山斎場で夏草葬があり、俳壇あげて、この偉大な師と別れをつげていた。お墓は、東禪寺の墓山にあり、御家族と夏草の主な人が列席した。その納骨は、骨壺から、お骨を、墓石の下の土に流し入れるものであり、埋葬のあと、菖蒲一本ずつを、墓前に捧げた。

その日東禪寺の山門近くに咲いていた南部桐の紫は、それは澄んでかなしいほどに美しかった。もともと南部桐の花は紫が濃いが、その後何度となく、その時季にお墓に行ったが、納骨式の時ほど美しく、沢山咲いていたのを見たことがない。

冷え冷えと落花を重ね南部桐　　けん二

朴の花

谷の向う側の一面の緑の中に、「朴の花」が点々と見事に咲いているのを見掛けたことが、何度かある。大きな葉を台座のようにしてその中央に咲くので、大輪でも下からは見えにくい。ある年の五月、平林寺に行くと、総門前の駐車場に何本かの朴の大木があり、丁度花の盛りであった。風が吹き、傾いた枝の先では花も傾いていて、下からよく見える。帯黄白色の厚い花弁で、ふつう九弁、花の中にたくさんの雄しべ雌しべがあって、香りが高いという解説通り。ただ前に咲いた花は、黄ばんで、更にその前の花は茶っぽく萎《しぼ》んで来ている。木の下には、茶褐色のちぢれた花びらが落ちていた。

『図説俳句大歳時記』（角川書店）によると、「朴の花」の首題は「厚朴の花」。歳時記に登場するのは、『初学抄』（寛永十八年）以来で、「厚朴の花」としてである。「厚朴」は「ほうのき」「かうぼく」などと傍訓されている。中国原産のものを、「厚朴」というともいい、又樹皮が厚いから「厚朴」だともいう。皮は生薬として健胃・整腸・去痰・利尿薬とされると『広辞苑』にある。現在の多くの歳時記は「朴の花」を首題とし、「厚朴の花」を傍題としている。

朴散《さん》華《げ》即ちしれぬ行方かな　　川端茅舎

「ホトトギス」昭和十六年八月号の巻頭句であり、同号に「七月十七日　午後零時五分。川端茅舎永眠」の詞書で、

示《じ》寂《じゃく》すといふ言葉あり朴散華　　虚子

がある。示寂は仏語で菩薩または高僧の死のこと。虚子先生は、茅舎の「朴散華」の句について、「ホトトギス雑詠句評会」で、「（前略）此句澄み渡った心境に生れたもので、聖者の如き感じの句である。辞世の句とも見ることが出来る。朴散華仏とも称すべきか」と述べている。

昭和二十三年四月二十九日、バス一台を仕立てた「玉藻」の吟行会。虚子、立子両先生に従い茅舎旧居に立ち寄り、その朴の木を見た。「朴散華」が茅舎の造語とは知らず、句の真意も分からなかった。

泰山木

五月も半ばを過ぎると、あちらこちらに泰山木の白い大きな花が咲き出す。

虚子編『新歳時記』は、「喬木で、葉は石楠の葉に似て濶大、裏は茶色である。枝葉は端正で、夏日、白い木蘭に似た大きな花を開く」と解説するがその通りである。『図説俳句大歳時記』（角川書店）を見ると、本田正次氏の解説に「北アメリカ原産のモクレン科の常緑高木で、日本へは明治初年に観賞用として渡来し、各地の庭園・公園・寺院の庭などに栽植され、かなり大木に成長しているのが見られる」とある。このことから、古句がなく、朴の花と違って、山林にないことが分かる。

この頃、私が毎年見ているのは、西武線の所沢駅から、昌平寺という私が門徒であるお寺への途中の公園のものであり、印象深いのは、小石川後楽園、又深川清澄庭園へ曲る街角の泰山木の花である。

昂然と泰山木の花に立つ　　虚子

『五百五十句』にあり、昭和十二年の作。詞書に「六月十九日　白草居退職祝賀会。日比谷松本楼」とある。

上林《うえばやし》白草居は明治十四年、東京府中市に生まれた。虚子門の俳人で、俳誌「草」を主宰、親交の俳人広く、多くの門弟を育てた。安田銀行に在職したので、その退職祝の句であろう。しかし一句独立すると、虚子先生自身のような感じがして、凛として、泰山木の花がまことによく似合う。

この句、虚子編『新歳時記』の例句として、古くから記憶にあったが、『新歳時記』の初版は昭和九年。勿論そこには、この句がなく、昭和二十六年の増訂版の時に加えられたものであることが分かった。泰山木の花は「ホトトギス」では、早くから雑詠に選ばれていて、雑詠選集にも、

礫像や泰山木は花終んぬ　　誓子
大風や泰山木の花ゆがめ　　白楢

などがある。季題だけで九字なので、作り難い季題の一つである。しかし、その難しさ故の楽しさもあり、今年も又その花に佇みゆっくり句作したいと思う。

えごの花

私の家の裏手はいわゆる武蔵野の崖《はけ》。そこに上る道があり、今は車が頻繁に通るが、曲りくねって、以前はまわりの雑木がかぶさっていた。

日ざしが少し暑くなって来る頃、道にぽたぽたと白い落花が重なり、見上げるとえごの花が真白に咲き重なっている。

虚子編『新歳時記』の解説は、「えごのき。『ろくろぎ』ともいふ。『山苣《やまちさ》』ともいふらしい。山林に生えて一丈くらゐになる落葉木である。卵形の尖葉をつけてゐる。五・六月の候、五辨の白花を總狀につける。その落花が美しい。この種子を潰して水流に投ずれば魚類は斃死するといはれる」とある。

『図説俳句大歳時記』（角川書店）を見ると、首題が『山苣《やまぢさ》の花』。解説に「ヤマジサは山のチサノキの意味で、エゴノキの古名。早く『万葉集』に〈山萵苣の白露おもりうらぶるる心を深み吾が恋ひ止まず〉（巻十一）とある」。又「エゴの名は、この果皮がノドを刺戟し、えごいのでつけられた」とある。又考証には、『毛吹草』（正保二年）から季の言葉として採用されていると書かれているが、それは、「山苣の花」としてで、古句は無い。

昭和八年刊行された、『俳諧歳時記』（改造社　夏の部　青木月斗編）も、首題が「山苣の花」で、例句はない。

虚子先生が昭和五年から始めた、かの『武蔵野探勝』の昭和七年六月五日（第二十三回）は、練馬区三宝寺池。えごの花が丁度盛りであったようだ。

えごの花遠くへ流れ来て居りぬ　　青邨
えごの花散りしく水に漕ぎ入りぬ　　越央子

など楽しそうにえごの花を詠んでいる。

虚子編『新歳時記』は、初版（昭和九年）から「えごの花」を首題としている。「山苣《やまぢさ》の花」では、和歌には詠めても、俳句には詠みにくい。虚子先生は、それを承知で「えごの花」を首題にされたに違いない。以後広く詠まれるようになったと思う。「えごの花」は、武蔵野に多くあり、印象的な夏の花なのである。

明易

虚子先生は、小諸に疎開されていて、昭和二十年八月十五日の終戦を迎えた。その年の十二月末から二十一年の二月にかけて、土曜、日曜に句会をし、それを稽古会と名づけ、自らの詩心も高めた。

その稽古会は、その後も、小諸の虚子庵、鎌倉の虚子庵、山中湖畔の虚子山荘、更に千葉県神野寺と場所を移し、先生の亡くなる一年前の昭和三十三年迄、毎年夏に行われ「夏行」とも云った。それは、当時の若手であった東の新人会、笹子会、西の春芽会の会員が虚子の膝下で直接指導を受ける貴重な場となった。

昭和二十九年、神野寺で行われた稽古会に先生は次の句を出句、私が清記した。

明易や花鳥諷詠南無阿弥陀　　　　**虚子**

後に「研究座談会」の席上、この句について、伺った時、虚子先生は、

「この句は何がどうというのではないのですよ。信仰を表しただけのものですよ。我々

は無際限の時間の間に生存するものとして、短い明易い人間である。ただ信仰に生きているだけである、という事を言ったのです」と云われた。そのあと、私が、「我々も『花鳥諷詠』と『南無阿弥陀』とを、おんなじに考えています」と、申し上げた時、

虚子「それはあやしいな。（笑）信仰しなければほんとになりませんね」と云われた時の先生の顔は忘れられない。

虚子編『新歳時記』で「明易し」は「短夜」の傍題。その解説は「短い夏の夜である。夏至は最も短い。俳句に於ては、日永は春、短夜は夏、夜長は秋、短日は冬。これにはそれぐ〵理由がある。先人の定めた所、決して偶然ではない、明易し。夏の朝」。

虚子先生の「花鳥諷詠」つまり季題を調べにのせて詠む俳句と、浄土真宗の「南無阿弥陀」の唱名は、同じということは、信仰である。そして「明易し」の季題の中に、大きな宇宙の中に生きる我々の此の世は短い、しかし尊いとの実感がなくては、この句は味わえず、虚子先生が「あやしいな」と云われたのは、当然なことであった。

鮴《ごり》

「ごり押し」という言葉がある。『広辞苑』を引くと「理に合わないことを承知でその考えをおし通すこと。強引に事を行うこと。無理押し」とある。語源は小学館『日本国語大辞典』によると「鮴押」と関係ある語ともいうとあり、別にゴリ（五里）ぐらい一押しに押そうとする意か、ともある。「鮴押」は鮴を追い込み捕える方法なのである。この言葉、第二次海部内閣の組閣の時に、マスコミが有名な某派閥領袖のやり方に対し、盛んに使っていた。

鮴という魚、金沢では鮴料理、特に鮴汁が有名で、夏の季題となっているが、戦前は、京都鴨川の上流高野川のものも有名であった。

ところが魚の分類からゆくと、ゴリはハゼ科の魚を主としたカジカ科その他を含めた淡水魚の混称で、ウキゴリ以外は地方名であり甚だまぎらわしいもの。しかもその土地ではゴリはあくまでゴリ、又字も鮔、鮔、鮔などあり厄介である。量的には、琵琶湖が多いが、これはハゼ科のヨシノボリを主としたもの、金沢のゴリ料理はカジカ（マゴリと云っている）を主としているが、これは捕れる量が少ないので、佃煮などは、ヨシノボリ、ウキゴリなどを使っているようである。

ホトトギス雑詠には、昭和十八年までに鮴の句は約二十句。京都での句が多く、鮴捕の句の多いのも面白い。

笊入れて石もろともに鮴すくひ　松尾いはほ

のき端出て花を仰ぐや鮴の宿　高野　素十

金沢の料亭「ごりや」に電話してみた。鮴漁は二人掛りで、一人は竹製の網を下流に仕掛けて待ち、もう一人が、畳半畳位で厚さ一寸位の板に取手をつけたものを両手で持って、川底を石もろとも押してゆき、石の底にひそんだ鮴を竹網に追い込む所謂「鮴押」で、これが江戸時代からの方法。現在はゴリも少なくなり、箱眼鏡を覗き攩《たも》網で掬っているという。

田植

田を植ゑるしづかな音へ出でにけり　　中村草田男

この句から、田植女が水音を立てて、早苗を植えつけてゆく気配が鮮明に伝わって来る。「出でにけり」は、その景に出会ったということ。この句は昭和五年作で、虚子選『ホトトギス雑詠選集』にあり、多くの歳時記にのっている。作者は、歌を伴った賑やかな田植でない田植のことだと述べているという。

虚子編『新歳時記』では、「早乙女《さおとめ》」も首題としている。「田植をする女。紺絣の著物、紺の手甲・脚絆、菅笠に赤の襷。幾人も綺麗に並んで唄ひながら早苗を植ゑつけて行く」と解説されていて田植歌が一般であったことが分かる。山本健吉氏は『基本季語五〇〇選』で、「歌は仕事唄というより神事唄に近く、田の神の加護と恩恵を願う神への賛歌」と書いている。早乙女は齢と関係なく田の神に奉仕するおとめの姿のことで、紺絣も晴れの姿であったのである。

現在田植は平地ではすっかり機械化されている。平成十三年、私は内出ときをさんの案内で、原農場の田掻から稲刈までの機械化された様子を見ることが出来た。田植は、育苗箱で育てられた早苗を田植機が植えてゆく。機械が指先のように育苗箱から早苗を掻きとって水田に植えつけるもので、その部分が八つあり八条が同時に植えられてゆくのであった。

昔は、馴れた早乙女でも一反（約千平方メートル）を植えるのに二人で一日かかったという。

原農場では、二百反近い水田に人一人乗った田植機が、一つの田を見る見るうちに植えつけては、次の田に移ってゆく。植え残しを植える人がおり、育苗箱を運んで来る軽トラックが畦にとまっていても大景の中では静かである。又現代の稲作の機械化には、農地面積の統合が出来ないなど厳しい現実があると聞いた。

そう考えると、頭書の句は、現代の田植のしづけさも云い得ている気がする。

鮎

平成三年の六月八・九・十日の三日間、「花鳥来」の若い仲間に誘われ、秩父に泊り込みで、俳句を作りに行った。荒川のほとりの「せせらぎ荘」で、特に茶屋のように川岸に建てられた広間からは、川が一望出来、鮎釣の人が川上から川下にかけて沢山居り、一日中眺めて、随分鮎釣の句を作った。

鮎は多くの人に好まれる川魚で、独得の香りを持ち、中国では香魚と言われ初夏の食卓を楽しませてくれる。私の母の故郷が栃木県の黒羽で、那珂川が近くを流れ、小学生の頃から初夏にはとりたての鮎が東京の家に届いたせいか鮎は大好物、頭から骨まで残さず食べていた。

宮地信三郎著『アユの話』（岩波新書）は、科学的な鮎の生態から、古事記万葉集以来の文学的なこと迄書かれた名著、それを読んでから、新聞雑誌などの鮎の記事が一層楽しみで、江戸時代の珍しい「鬱金《うこん》絖《ぬめ》地《じ》鮎繍《あゆぬい》文様《もんよう》小袖《こそで》」の文様に秘められた謎などの新聞記事を切り抜いて、今も時に読み返している。

平成四年、更に、著名な鮎釣名人村田満氏の『最近アユ釣り全科』を読んだ。そこには、友釣のことが細かく書かれている。友釣は縄張りを犯す囮鮎に戦闘的に突っかかる習性を利用した鮎釣であるが、そのオトリの使い方が、自由に泳がせる「浮かせ釣り」から「イナズマ釣り」になって釣果が飛躍的に増加したと云う。その方法は、オトリが下流に向かった時には一番シモまで送り込んだあと、徐々にサオ先をしゃくり乍ら、徐々に上流へ人為的にジグザグに移動させて、普通かからぬ鮎まで刺激し、突っかからせる方法。

ゆつくりと上に移りしをとり鮎　伊佐山春愁

はこうした釣の方法を知っていないと出来ない。今度はそうした目で鮎釣の句を作ろうと、平成四年も六月一日（全国で一番多い解禁日）「花鳥来」の仲間と秩父に泊まったが、第一日曜の七日が解禁日で、鮎釣は全く見られなかった。

郭公

「ほととぎす」は、古来、夏の到来を告げる鳥として、春の花、秋の月、冬の雪とともに、夏を代表する季の詞であった。そのためか、異称、異名が甚だ多い。虚子編『新歳時記』は、「時鳥」を首題とし、傍題に、子規・杜鵑・蜀魂・杜宇・不如帰・山時鳥をあげ、『俳諧歳時記』（改造社）では、五十近くが書かれ「郭公」もその一つである。俳句でも「ほととぎす」に郭公の字を当てている古句が結構多く、現在の「郭公《かっこう》」は「閑古鳥」と詠まれていた。そのことは、大正時代まで続いていたようである。

「閑古鳥」は、鳥類学的に、「時鳥」と同じく杜鵑目《ほととぎすもく》のホトトギス科の鳥でいずれも五月半ば南方から渡来して、秋南方へ去る夏鳥で、卵を他の鳥の巣に托卵する習性も同じである。時鳥よりも形は大きく、時鳥と違って鳴く姿をよく見かける。それにしても、同じホトトギス科とは云え、こんなに鳴声の違うものに、どうして同じ字が使われたのか。「時鳥」に「郭公」の字を当てたのは『古今集』『新古今集』『山家集』あたりからと云われるが、その理由については、明記されていない。閑古鳥を時鳥の雌と考えていたという説は、案外面白い。

『ホトトギス雑詠全集　五』（昭和六年）を見ると、「郭公」表記の句はすべて「時鳥」の中に分類されているが、〈霧海をとぶ郭公や見えがくれ　煤六　大正十一〉の句は、浅間登山の前書もあり、今の郭公《かっこう》と思われる。しかし〈郭公啼くや月夜の紅がなめ　旭川　大正十三〉は、「時鳥」であろう。

虚子編『新歳時記』でも、今云う郭公の首題は「閑古鳥」で、初版の例句には、郭公は無かった。大正十五年作の次の句が有名になり、閑古鳥を郭公と詠むのが一般化したのではなかろうか。

郭公や韃靼《だったん》の日の没《い》るなべに　　誓子

御祓《みそぎ》

「御祓」は、陰暦六月晦日に、夏越《なごし》の祓《はらえ》などとも称し、諸社で行われる神事で、虚子編『新歳時記』では、七月に配列されていた。しかし、稲畑汀子編『ホトトギス新歳時記』では、刊行された昭和六十一年に、既に多くの神社で、六月三十日に行われていたので、六月の季題の一番終りに配列を替えた。その年の六月、藤松遊子、今井千鶴子のお二人と、千代田区山王の日枝神社の御祓を吟行したことを、「茅の輪」と題し、千鶴子さんが「珊」第2号（平成元年五月）に書いている。

その後、私は、いくつかの社の御祓に参列したが、何といっても山王の日枝神社は格があり、この十年ほどは家内と二人で出掛けるのが例となり、毎年「日枝神社例祭並夏越御祓行事その他御案内」の手紙をいただくほどになった。

日枝神社の場合は、六月十五日の例祭を中心に多くの行事が催され、御祓は、大抵例祭の前々日に、鎮火祭とあわせて行われている。

当日、本殿の前に大きな茅の輪が立ち、その前が斎場となり、折り畳み式の小さな椅子が、数十、砂利に迄並べられる。

午後三時、笙の音とともに、宮司以下十数名の神官が威儀を正して所定の位置に着く。参列者はあらかじめ、形代《かたしろ》（二枚あり白が男、黄が女）と、紙を細かに切った切幣《きりぬさ》とを包んだ紙袋に加え、祓のことばをプリントした紙をいただいておく。その長い祓のことばを参列者一同、宮司のおごそかな声と斉唱するのである。

そのあと、紙袋を開き、切幣を体にふりかけ、形代は身を撫で、息をかけた後紙袋に戻しそれを巫女に渡すのである。

花と散りし砂利の切幣夏祓　けん二

供え物をし、篝の薪に火をつけ、これを消し、供え物を下げる一連の神事が鎮火祭で、これもなかなか神々しい。

これらが終わると、宮司を先頭に、神官、巫女、参列者と続く長い列で茅の輪を三度くぐるのである。

未曾有の大震災の今年、この御祓に参列し、祈りがこめられればと切に思う。

日除

虚子編『新歳時記』の「日除」の解説は、「夏期日光を避けるため、白布又は簀などで日を遮るやうに作ったもので日覆ともいふ。窓又は店頭などに多く用ゐる」。そして次の例句がある。

今日の日も衰へあふつ日除かな　　虚子

虚子先生には外にいくつも日除の句があるが、私が忘れられない一句は、

その穴は日除の柱立てる穴　　虚子

この句は、昭和二十九年六月七日、大崎会の作で、『句日記』を見ると英勝寺が会場である。嘱目と思われ、先生は八十歳。この句の入った昭和二十六年から三十年迄の『句日記』が出版されたのは三十三年四月三十日である。

当時、三ヵ月に一度、虚子庵で行われていた「玉藻」の「研究座談会」で、その『句日

記』から、我々が、いくつかの句を解釈し、先生に聞いていただいたことがある。

この「日除」の句をとりあげたのは湯浅桃邑さんで「そのまゝ見過ごしてしまへば見過ごしてしまふ事柄ですが、目にとめて見ると非常に引かれまして、穴といふものをはつきり心に描かせる力があると思ふんです。一句の出来上りから来る力に相違ないですけれども、かういふ御句は捨てることが出来ない一つの特色があるやうに思ふんです」と云うと虚子先生は「要領を得た善意な御解釈だと思ふ。何んのことか、といふやうな心持がするでせうが、何ものかゞあると思ふんです」と話し、更に「かういふことを叙するのは自分は好きだ」とも云われた。

同席の清崎敏郎さんは、後に、その著『高浜虚子』（桜楓社　昭和四十年）に、この句を鑑賞し「殆ど無色、無味、無臭といった、作者の心境がうかがわれる。その心によぎった淡々しい翳が、つぶやきにも似た一句となったのである」と結んでいる。桃邑、敏郎のお二人は、虚子先生のこうした一面をよく捉え、自らの俳句の中に、とり入れて行ったのではないかと思う。

赤富士

「富士噴火」―初の防災訓練―という記事が、平成十三年六月四日の朝日新聞朝刊の一面に載った。山頂の地震計のとらえる低周波地震が昨年秋から増えており、噴火が差し迫ったことではないが、山梨県が河口湖町で大規模の初の「火山総合防災訓練」を実施したという報道である。奈良朝以来最後の噴火（一七〇七）までの千三百年間に十回、噴火の記録があるという。

そうした歴史を持ちながら、富士山は古来日本人に親しまれ、信仰の対象となり、その美しさは日本の象徴ともなり、詩歌に絵画に写真に名作が残っている。静岡県の方から見ると裾を長く曳き表富士といわれるが、山梨県側から見る所謂裏富士の姿も情趣があって捨て難い。

昭和二十六年七月二十七日から三日間山中湖畔の虚子山廬で、東西の若者が虚子先生のもとに集まり、泊まりがけで句会する所謂「稽古会」の第二回が開かれた。

先生は、昭和十九年八月「選集を選みしよりの山の秋」の句碑除幕に行かれてから七年ぶりに行かれたのであった。当時は未だ今ほど木が茂っておらず、間近に富士山が眺められた。この裏富士が、晩夏から初秋にかけ、早暁五時半ごろから始まって色彩が変化、特に全貌が紅潮することがある。これが「赤富士」で、長い時間続かず又滅多に出逢えない。昭和十二年から何年か毎夏一ヵ月位滞在していて私は知っていたが、この稽古会の時には、若者達の借りた桑原山荘の窓から赤富士が正面によく見えたのである。

『風生編歳時記』には、「赤富士」を夏の季と決定した経緯を「岳麓の避暑客に特に喧伝されたので、季の所属は夏にしたいと言う虚子の意見が定説となっている」と記している。葛飾北斎の「凱風快晴」から想像していた赤富士を、まのあたりにして感動、昭和四十四年八十四歳で『富士百句』の墨筆句集を出された富安風生先生の解説だけに信憑《しんぴょう》性が高い。美しさと畏怖を感じさせる私の好きな一句。

赤富士のぬうつと近き面構へ　　風生

バナナ

バナナは現在果物屋ばかりでなく、ごく近くのスーパー、八百屋の店先にも、一年中新鮮に置かれていて、すっかり季感のうすい季題となってしまった。従って、シャツ一枚に鉢巻の男の夜店での叩き売りを知っている人は少なくなったが、我々にとって、それは夏の夜であり、熟し過ぎてちょっと黒いというのがバナナの常識であったのである。

云うまでもなく、バナナは内地では育たず、小笠原・琉球・台湾・南洋諸島などの常夏の国に栽培されている。しかしこの実が成熟するのは本来初夏であり、その青いうちに房のまま切り取られ、輸入され、貯蔵中に黄熟するのである。

バナナが夏の季語となったのは、当然こうした背景のあってのことと思って、歳時記の例句や、虚子選『ホトトギス雑詠選集』を読みなおすと、

台湾所見

舷梯を追戻されぬバナナ賣　　**白汀**（昭和二年）

日本語何でもわかりバナナ賣　山家　海扇（昭和十七年）

のように、南方で詠まれている句が多く、考えてみると尤もなことである。

川を見るバナナの皮は手より落ち　虚　子

これは、有名な句で、ほとんどの歳時記はこの句を例句としてあげているが、昭和十一年の武蔵野探勝会で隅田川を川蒸気で遡り、浜町で句会をした時の句。しかし季節は十一月四日、立冬に近い晩秋なのである。バナナとそれを食べた人の姿、心がリアルに浮かんで来る見事な写生句であるが、季感はどうなるのであろう。俳句では、一度夏と定められた季題は、独立した一句の中であくまで夏のものであり、その本来の季感に戻って一句が再生され、連想のひろがりが出るものではなかろうか。此の句、橋にもたれて男が見るともなく川を見ているのは夏の景。店先のバナナを見て季感がないということとは別の問題なのである。

泥鰌鍋《どじょうなべ》

どじよう屋の老舗に、「駒形どぜう」がある。徳川十一代将軍の享和元年創業で、台東区駒形橋の近くにあり、はとバスのお江戸コースにも入っている。（どぢやうでは四文字で縁起悪く、芝居の外題《げだい》の奇数にあやかりどぜう三文字とした駒形初代の造語という）その支店が渋谷にあり、泥鰌鍋の句を作るために一人で出掛けたのは、二十年程前である。夕方の開店早々店に上がり、酒も注文して、まず一皿を頼んだ。

駒形の「どぜうなべ」は、生きたどじょうに酒をかけ、臭みをとり、骨がやわらかになったのを甘味噌仕立の汁に入れて煮こんで下ごしらえをしてある。これを小さな鉄なべに並べ、ねぎをたっぷりのせて食べるもので、仲々に風味があり、炭火を使っているのも情緒がある。

虚子編『新歳時記』の「泥鰌鍋」の解説を見ると、「割き泥鰌又は丸泥鰌に笹掻牛蒡を卵とぢにした料理で柳川鍋ともいふ。（以下略）」とあり、泥鰌鍋は柳川鍋のことになっている。

『俳句歳時記』（平凡社）も『図説俳句大歳時記』（角川書店）も、解説では二つの鍋は同じものとしている。後者の詳細な解説を読むと、どじょうは開きにくいので、骨抜の割きどじょうが鍋物となったのは、江戸の文政から天保（一八一八～三一）にかけてだという。この時に、江戸で柳川鍋が始まったのが事実らしく、真下喜太郎氏も『詳解歳時記』に同じことを書いている。

駒形の「どぜうなべ」は、最も古い江戸の料理法を改善して作り続けて来たこの店独自のもので、柳川鍋とは違うのである。しかし一般には、通称「柳川」として売られている卵でとじた柳川鍋が泥鰌鍋で通用している。

三皿の「どぜうなべ」をゆっくり食べて、立てこんで来た店を出た時には、街は暮れて来ていた。

宵の町雨となりたる泥鰌鍋　　けんニ

風鈴

東京では、朝顔市が終わるとすぐ続いて、七月九日、十日と浅草観音の境内に青鬼灯を商う鬼灯市が立つ。この日お参りすると一日で四万六千日分の御利益があるといい、私も何度か行ったことがある。

この鬼灯市、四百軒もの葭簀張りの店が出ていて、鉢植の青鬼灯が、竹の手籠に入れられ、赤いガラス風鈴がつき、店先に吊るされている。又天井から色とりどりのガラス製風鈴が沢山さがり、水を打った中で涼しげに音を立てている。

ガラス製風鈴は、一般に江戸風鈴と呼ばれているが、私は江戸時代からその名で呼ばれていたものと思い込んでいた。

『図説俳句大歳時記』(角川書店)の「風鈴」の解説を読むと、次の如く書かれている。

金属製のほかにガラス製・陶製もある。中国より伝来し、わが国では鎌倉時代の書物にみえ、室町時代の上流社会で流行しはじめたようで、茶室の軒につるされたりしている。江戸時代からはつり忍につけて軒端に下げることも庶民の間ではやった。云々。

風鈴は古くは金属製で、ガラス製のものは、オランダ人からガラス（ビードロ）製品の作り方を教わった長崎のビードロ職人が作り始めたと云われる。普及したのは、江戸の職人が作り出した江戸後期で、天秤に沢山の風鈴をぶら下げた風鈴売が町中を売り歩き、夜鳴蕎麦屋で風鈴を鳴らして売るのを風鈴蕎麦と云った。

江戸東京博物館の図書室の資料によれば、「江戸風鈴」の名称は江戸川区南篠崎町に今も風鈴を作り続けている篠原儀治氏が、昭和四十年代に商標登録したものであることが分かった。台湾あたりの輸入品と混同されないようにとの思いを込め、よい音色を出すため、切口をギザギザのままにして改良してある由。鬼灯市には十万個以上が出荷されているという。

ちなみに音色で評判の南部風鈴も、終戦後に作り始められたそうだ。すると次の句は、普通の金属製風鈴なのであろう。

風鈴の下に今日われ一布衣《いっぷい》たり　風生

睡蓮

睡蓮というと、私にはすぐ石神井公園の睡蓮が目に浮かぶ。六月に入り、道路から三宝寺池に向かって歩いてゆくと、すぐの左手に、睡蓮の葉が水面を覆い、少し紅をさした白い花が美しく咲き揃う。

平成二十一年六月二十日の「花鳥来」例会の時も、睡蓮が咲いていた。何度も見ているので、始めは仲々句が出来なかったが、じっと見ていると、近くには結構水面が見えるが、橋のかかっている先の方は、水が全く見えず、二、三百の花が一面に咲いていた。

睡蓮の水を残さず咲きわたり　　けん二

当日の句会で、この句は余り点が入らず、「残さず」が納得出来ないとの評があった。その半月後、「残さず」が説明的であるのに気づき「余さず」と推敲、「木曜会」に出句、大方の賛同を得たが、「睡蓮の」は「睡蓮や」ではないかとの尚毅さんの指摘を受けて次の句となった。

睡蓮や水を余さず咲きわたり　けん二

「睡蓮」についての、虚子編『新歳時記』の解説は、「二寸くらゐの紅白の花をつけるもので、夏の末咲く。夜は閉ぢて昼また咲く。それで睡蓮といふのださうである。別に未草《ひつじぐさ》とも呼ばれる。これは未の刻（午後二時）から閉ぢはじめると見た名前である。沼澤に生ずる蓮の属で、多数の圓い、基部に切れ込みを持つた葉を水面に浮かべてゐる。葉裏は紅紫色である。葉も花も蓮より小さい」。

この解説の「蓮の属」は誤りで、スイレン科であろう。又世界中の熱帯、湿帯地方に広く自生し、モネの「睡蓮」に代表されるように全世界で愛賞される。

『俳諧大成新式』（元禄十一年）に入っているというので、旧くから鑑賞されていたと思われるが、現代歳時記に古句はない。又「未草」は傍題で石神井公園のも未草と詠めるかもしれないが、尾瀬ヶ原の「未草」を見ると、それこそ未草という感じがする。『広辞苑』も「未草」を引くと「山地の池沼に自生」とある。

蓮

二十年ほど前、茨城県土浦の近くに、蓮田を見に行ったことがある。蓮根を採るというその蓮田は、見渡す限り。よく晴れて、風が吹くと、葉が次々に揺れて光り、遠くまで風の通る様子がよく見えた。花はみな純白で、それまで見ていた不忍池などの花がみな紅であったので、今もその白さが印象に残っている。

虚子編『新歳時記』の「蓮」の解説は、「紅・白の花をつける。『にごりにしまぬ花はちす』といつて、『君子花』の稱をもつてゐる。まことに美しいが賑やかなものではない。（略）宗教では極楽浄土の象徴花とされて蓮華といふ。実は採つて食べ、根茎は掘つてたべる」とあり、まことに要領を得ている。

万葉集から作例があり、連歌時代から歳時記に季の言葉としてのっていると聞くが、例句は次の句で始まっている。

さは〳〵と蓮うごかす池の亀　　鬼貫

『芭蕉俳句集』（岩波文庫）を見ると、

蓮池や折らで其《その》まゝ玉まつり　芭蕉

蓮の香に目をかよはすや面《めん》の鼻　同

後句は、「本間氏主馬が亭にまねかれしに、太夫が家名を稱して　吟草二句」の前書のあるもので、虚子先生が鬼貫の句から例句を始めている理由がよく分かる。

利根川のふるきみなとの蓮かな　秋櫻子

「ホトトギス」昭和五年九月号の巻頭句。「雑詠句評会」で、虚子先生は、「そういう大きな川の船着場の、今はさびれた物静かな場所を想像し、扨次に現われて来た蓮の花によって、一種の情緒をそゝる好句である」と結び絶賛している。秋櫻子先生は、利根川をよく吟行されたが、実景から作者自らの美の世界を創り上げた句と云えよう。一方、

蓮の葉の裏に届ける蕾かな　夏山

も例句にあるが、これは典型的な客観写生句。しかし「裏に届ける」という一見なにげない表現が、作者独自の透徹した創作の世界だと、この頃つくづく思う。

この二句には、紅蓮がふさわしい。

向日葵

向日葵の月に昂然たる一花　**山口　青邨**

先生の自註は、「向日葵を沢山植えたことがあった。太陽でなくて月、いろいろの陰影があって面白かった。一つの花は月に向って昂然としていた」。

昭和三十六年作。昭和二十八年に大学を退官され、一層俳句に熱中されていた頃で、先生を知っている人は、自画像といい、私もこの句を思うと先生の姿がくっきり浮かぶ。

『図説俳句大歳時記』（角川書店）には、『滑稽雑談』（正徳三年）に、既に「向日葵《ひふがあふひ》」で立項、『四季名寄』（天保七年）に「日車」「日まはり」とあるが、古句はない。『大歳時記』（集英社）に、高野公彦氏が、そのあたりを明快に解説している。

北アメリカ原産のキク科一年草で、近世から日本にあったが、眞の生命感を帯びて作品化されたのは、やはり近代になってからである。与謝野寛の「黄金向日葵《こがねひぐるま》」という造語などは、近代的感覚の所産であるが、前田夕暮の次の歌は向日葵を近代的景物として造形するのに成功した記念碑的歌だ、としている。

向日葵は金の油を身にあびてゆらりと高し日のちひささよ

虚子選『ホトトギス雑詠選集』で最も古い句は、大正元年作。

向日葵の月に遊ぶや漁師たち　前田普羅

虚子先生の次の句は、昭和十七年作。

向日葵が好きで狂ひて死にし画家

昭和五十三年、私は一時体調を崩したのを機に、初心に帰り一つの季題に執着し、徹底的に写生することを始めた。たまたま通勤の径に、向日葵が見事に咲いていて、行きと帰りに約半月、この向日葵が見られた。又休日には、時間をかけてこの向日葵を写生した。

向日葵のはゞたきそめぬ朝日さし　けん二

向日葵の天に一痕朝の月　同

立ち並ぶ向日葵くらき夜の貌　同

百日紅

私の家は、武蔵野の真ん中。昭和四十二年引越して来た頃は、宅地の裏の所謂崖《はけ》の上には雑木林があり、欅があり畑が広がっていた。欅が伐られ、林も畑も潰され開発が進み、立派な舗装路をトラックが走れるようになった時、歩道が両側に出来、そこに植えられたのが百日紅である。街路樹として稚く、丈もそれほど高くないので、美しいとはいえないが、花期の永いのはあきれるくらいである。

本田正次氏の「百日紅《さるすべり》」の解説（『図説俳句大歳時記』（角川書店））は次のようである。

ミソハギ科の落葉高木。インド、パキスタンあたりの原産で、日本へは観賞用として古く中国を経て渡来、庭園などに広く栽培されている。高さ三―七メートル、幹や枝は薄い褐色をしてつるつるしており、サルもすべるというのでこの名がある。しかしサルスベリの名はツバキ科のヒメシャラの一名としてもつけられている。見出しに出した漢名の百日紅を漢読みにしたヒャクジッコウという名も

広く行なわれているが、これは盛夏のころから九月末ごろまで続いて花期が長いのでそういうのである。（以下略）

『夫木和歌抄』（延慶三年）猿滑《さるなめり》として

足引の山のかけぢの猿滑りすべらかにても世を渡らばや　為家

があるので、随分古くから日本にあったのにあらためて驚く。又南方の原産で、中国を経て渡来したことに、日本の文化が感じられる。

百日紅《さるすべり》乙女の一身またゝく間に　中村草田男

この句は、昭和七年十一月号の「ホトトギス」雑詠虚子選にあり、雑詠句評会で虚子先生は、「斯う云う感じもある様に思う。百日紅と云う花が赤い花であって、赤い物を身に纏う乙女を思わせる花である。それに百日紅という花は、夏から秋にかけて可成長い間単調な花を樹頭に着けて居る、然るに乙女の一身の変化は瞬く間に変るのである」と述べておられる。

見事な鑑賞であり、この百日紅のイメージは、家の近くの街路樹の小さなものより庭園で見掛ける大きな百日紅である。

葭切

『図説俳句大歳時記』（角川書店）の中西悟堂氏の解説は、次の如く始まっている。

燕雀目、ウグイス科の鳥。オオヨシキリとコヨシキリの二種があり、普通ヨシキリと称としているのはオオヨシキリのほうである。五月はじめに南方から渡来する夏鳥で、葭原に群生するため葭原雀とも葭雀ともいわれ、ギョッ、ギョッ、ギョギョシ、ギョギョギョシと鳴くので古来「行々子」の異名もある。（以下略）

馬琴の『俳諧歳時記栞草』には、首題「剖葦鳥《ぎょうぎょうし》」傍題「蘆原雀《よしはらすずめ》、蘆鶯《よしうぐいす》、葭剖《よしきり》」とあり、この場合の蘆、葦は、葭の同意語として用いられていたものと思う。その解説中に、「芦葦《あし》の中に在《あり》て、好んで葦中《ゐちゅう》の虫を食ふ、云々」とあり、この時、葭の茎を割《さ》くから「葭切」の名がついたというのが通説である。

一方、『俳句歳時記』（平凡社）の考証には、柳田国男氏の『野鳥雑記』が引用されていて、この鳥には昔話が多く、些細なことで打首になった者が鳥に生まれかわって啼く、といった「切られる」話が必ずついていると指摘している。この昔話と、古くからあったヨシハラスズメの言葉が結びついてヨシキリとなったというもので、そこにこの鳥の特異な啼声をからませているのは、いかにも民俗学的である。

私が葭切（オオヨシキリ）をよく観察出来るようになったのは、石井とし夫さんの誘いを受け、印旛沼へ通い出してからである。芦叢の中にいた葭切が、丈の高い芦の茎に横どまりしてけたたましく鳴き立てる。少し離れた芦でも又鳴き出す。これは、自分のテリトリーを宣言しているので、その間隔というものが自ずとある。又数本の茎を組み合わせて倒円錐形の花瓶状の巣を作る。石井さんは、芦叢の中に舟を入れて、その巣を見せてくれたこともある。巣の位置が高い年は、沼に増水があると古老は云っているそうだがそんな本能があるのであろうか。

その一方で、この巣に、郭公（閑古鳥）が托卵するというから面白い。もともと郭公は、ホトトギス科の鳥で、以前は、この字が時鳥（ほととぎす）の異名の一つとなっていた。その当時今の郭公は閑古鳥と呼ばれていたことは、八十四ページに書いた通りである。卵を他の鳥の巣に托卵する習性も時鳥と同じである。但し時鳥は葭切の巣には托卵しない。最近は、托卵も詳細にテレビで放映され、巣の中にある卵を落として自分の卵を素早く生みつける様子も見られる。更に卵からかえった雛が、赤裸のままで宿主の卵や雛を背にのせて巣の外へほうり出し仮親の運ぶ餌を独占する様子まで見せられると、葭切も大変な被害者だと思う。

扨《さて》、葭切が南方から渡来する五月初めは、未だ古芦が大部分であるが、青芦が茂るようになると繁殖期になり、夜になっても鳴きしきる。月夜は特に素晴らしいから是非見に来るようにと、石井さんに誘われ、わざわざ満月の日に泊まりがけで印旛沼へ出掛けたこともあった。生憎とその日の夜は雨となってしまった。

行々子月に鳴きやむこと忘れ　　　　**石井とし夫**

秋

七夕の雨

平成三年のことであるが、六月になって、世田谷の下北沢駅で、「第四〇回記念平塚七夕まつり」の広告を見た。七月五日から九日。私が見に行ったのは、昭和四十四年、茅ヶ崎の工場に単身赴任中で、家族を呼び、頭にふれるばかりの大きな飾の下を人波にもまれて歩いた。夜になって雨が降り出し、かなり濡れた記憶がある。

七夕には、幼稚園や小学校ではどこも七夕竹を立て、七夕の歌を唱い、幼い、又現代っ子らしい願いを短冊に書くが、それが雨に濡れているのをよく見掛ける。丁度梅雨の最中、当然のことである。

七夕は明治以前は、陰暦七月七日の夕べのこと乃至行事で、初秋のもの。歳時記では今も秋で、夏としているものはない。牽牛、織女が年に一度だけ逢うというロマンチックな伝説に基づいている。しかし、もともとは夏と秋の行合《ゆきあい》の祭で、「タナ」即ち水上につくられた懸造《かけづくり》で、棚機《たなばた》つ女《め》が機を織りつつ来臨する神を待ち一夜を過ごし翌日神を送る時、穢を持ち去って貰ったのである。この日本古来の習わしに中国の乞巧奠《きこうでん》の行事が奈良時代に習合したのが由来とされている。

乞巧奠とは、二星にあやかって女の人が裁縫の上達を祈った行事で、これに歌を供え、更に手習の上達を願うなどの行事が重なり、江戸時代以降五節句の一つとして一般化した。又七日を盆の初めとする地方もあり、禊の流しと、暑気の眠りの流しとを合わせた青森の「ねぶた」も七夕行事の一つなのである。

こうしてみると、七夕には都会の星祭と共に民俗的な盆と禊の習わしが残っており、新暦となっても簡単には夏に移せない季題なのである。

七夕の雨よりつゞきけふも降る　　青　邨

は、現代の七夕をよく表していると思うが、子規の『分類俳句全集』を見ると古句には雨の句は少ない。しかし七夕には、禊の意味から、短冊が流れる程雨が降ればよいという風習が昔から農村にあったというのは興味深い。

走馬燈㈠

人生は陳腐なるかな走馬燈　　虚子

昭和二十四年八月二十二日から三日間虚子庵で、「新人会夏行」が行われた時の二日目の句である。その日の出席者には、千鶴子さんも私もいて、全員十四名。兼題は走馬燈・法師蟬であったが虚子先生の投句は十句中五句が次のように走馬燈であった。

走馬燈即人生は陳腐なるや　　虚子
老人の日課の如く走馬燈　　同
合宿の一人が吊るす走馬燈　　同
走馬燈市になければ作らんと　　同
走馬燈吊るす軒端の相模灘　　同

一年後の「ホトトギス」に発表された「句日記」では、一句目は、「人生は陳腐なるかな走馬燈」と推敲され、他の句にも推敲がある。又、「新人会夏行」と題し、三日間で十三句が収められている。

その後、昭和三十年刊行の『六百五十句』を見ると、「老人の」「人生は」の二句のみを残し、他の句はすべて削っている。併も同じ年に刊行された『虚子自伝』には、「人生は」の句に、「走馬燈を見てをると、何度となく同じ映像がくりかへさる丶。人生も亦斯くの如きか」の註を書かれている。

このようにあらためて掲句を調べると、あの昭和二十四年の三日間の句会で、虚子先生の心が最も動いたのが、「走馬燈」の題詠であったと思う。その中でも推敲で、先生の心が、すっと走馬燈に入りこんだのが掲句だったと思われる。

「走馬燈」の季は、ほとんどの歳時記では夏としている。それは、傍題の「廻り燈籠」は、盆燈籠の一つとして、秋の季とする歳時記はあっても、「走馬燈」は、夏の夕べの慰みのため、一般には夏の季となったものと思われる。併し、虚子先生が、虚子編『新歳時記』の季題配列で、八月の「燈籠」「岐阜提灯」の次に「走馬燈」を置かれたところに先生の季題感があり、掲句を見ても盆に通う心があったと思われてならない。

走馬燈（二）

「走馬燈」は、浅草の仲見世脇の露店などで、暑い時季に売られており、情緒のある季題である。

虚子編『新歳時記』では、秋（八月）に配列されていて「盆に限ったものではないが、その頃多い」と解説、「廻り燈籠」を傍題としている。稲畑汀子編『ホトトギス新歳時記』もそれに準じている。

今回、前記以外の十種類ほどの歳時記を当たってみたところ、殆ど季は夏で、秋としているのは『風生編歳時記』だけであった。

走馬燈の季の決定を見る上で『図説俳句大歳時記』（角川書店）は参考になった。そこでは、「走馬燈」を夏の季としているが、解説の終りに「……わが国には江戸時代からあって、夏の夕べの慰みにされた。『五元集』などにも回り燈籠の句はみえるが秋の季語としている」とある。別に「廻り燈籠」を秋の季題として立て、考証に、古歳時記の『花火草』（寛永十三）以下に七月（陰暦では秋）に出ていると書かれており、「舞燈炉」「影燈炉」とも呼んだとし、その例句も掲げている。「燈籠」は俳句では「盆燈籠」を指すが、おそらく「廻り燈籠」も盆の頃吊したものであろう。

この廻り燈籠も御承知の『尋常小学唱歌』（明治四十四年）の「汽車」では、

廻り燈籠の画の様に
　変わる景色のおもしろさ……

と歌われ、子供らも楽しむ物となり、一般的には夏の季感となったようだ。

さて「走馬燈」という言葉は、中国の『荊楚歳時記』（六〇〇年頃）に既にあり、廻り燈籠のことだとしているが俳句に使われた例は、子規の『分類俳句全集』にもない。虚子選『ホトトギス雑詠全集　四』（昭和六年）大正三年の次の句が初出ではなかろうか。

松風にふやけて疾し走馬燈　　**石鼎**

以後走馬燈の句が増え、廻り燈籠の句は減ったが、虚子は歳時記の季題配列で燈籠と並べ秋としたのである。

流燈

流燈や一つにはかに溯る　蛇笏

虚子編『新歳時記』の「流燈」の例句である。解説は、「盆の十六日に燈籠に火をつけて河や海に流すのをいふのである。燈籠の形は真菰で舟形に作つたものや板の上に絵燈籠を据ゑつけたものが多い」。稲畑汀子編『ホトトギス新歳時記』で「精霊舟から変化した行事で、近ごろは観光化し、その夜花火を揚げたりもする」と書き加えられた。

明治以前の歳時記では、『世話尽』（明暦二年）に「流し火」として七月にあり、「流燈」「燈籠流し」は、季の詞《ことば》とされていない。

その代わりに『滑稽雑談』（正徳三年）以来、「黄檗水燈会」又は「水燈会」が七月十三日の季の詞とされている。京都宇治の黄檗山万福寺で行った川施餓鬼で、『日次紀事』（貞享二年）にこう書かれている。

……暮に及んで船中数箇の燈台を建て、僧左右に坐を並べ、七如来の牌《はゐ》を安んじ、供物を備へ、経巻を誦し、音磬《けい》を撃ち、流れに従ひて下る。しかる後、三百六十箇の灯を宇治川に浮かべ、流れに随ひ風を逐うて散乱せしむ。（以下略）

遊覧船や客で大変な賑わいで、これが一番有名だったのも頷ける。しかしこの水燈会は、その後施餓鬼だけになった。

「精霊舟」は、お盆の霊棚に供えたものを麦藁などで作った精霊舟に乗せ海や川に流す行事で、最も有名な長崎は享保年代（一七一六～三六）以来。近代に木製の大型の舟になったといわれる。

これらを見ると流燈の観光化は古くからあったが、各地で大々的に観光化したのはおそらく現代であろう。

二十年ほど前になるが、「珊」の三人で、北区赤羽の梅王寺の川施餓鬼に出掛けたことがある。河川敷にテントが張られ、歳時記通りの施餓鬼棚があり、区の顔役檀家の人々と一緒に法要の席に連なった。その後に、燈籠流しにも加わったが、板の上にのせられた燈籠の一つを流れに置いた時の心持は、魂送りそのものであった。

新涼

虚子編『新歳時記』の初版（昭和九年十一月十五日）の解説に次の如くある。

　秋はじめて催す涼しさをいふのである。残暑のうちの一雨のあと、萩叢などから起る一沫の涼風など、新鮮な甦つたやうな感触である。秋涼し・秋涼、共に新涼後の秋の涼しさをいふ。

再版（昭和十五年四月十日）以後「秋涼し・秋涼」の解説は削られている。

「新涼」の語源としては、中唐の文豪韓愈（七六八～八二四）の「時秋《ニシテ》積雲霽《レ》、新涼《ル》二郊墟《ニ》一」が『滑稽雑談』（正徳三年）に引用されている。併し作例は、子規の『分類俳句全集』中、一句のみで「初涼」が五句、「秋涼」は二十五句と、古句では「秋涼」が圧倒的に多い。

「新涼」が明治以後多く用いられたことは、『ホトトギス雑詠全集 七』（昭和六年）を見ても明らかで、入集九十五句中「秋涼し」は二句のみである。
「新涼」が現代多く用いられるに至ったのは何故であろうか。

新涼の驚き貌に来りけり　虚子

この句は、明治四十一年の作であるが、自解に「秋になってはじめて涼しいと感じる」（傍点筆者）とあるように、その新鮮な秋の涼しさが、語感とともに現代の作家に好まれたのではなかろうか。

「秋涼し」は、虚子編『新歳時記』にあるように「新涼」に比し期間が少し長い本意を持っていた。しかし次第に「新涼」も「秋涼し」と同意語に使われたと思う。

秋涼し手毎にむけや瓜茄子　芭蕉

この句『奥の細道』にあるが、金沢の俳人斎藤一泉の松玄庵を訪ねた時のもので「ある草庵にいざなはれて」の前書がある。『曾良随行日記』によると、七月廿日、「残暑暫手毎にれうれ瓜茄子」で十三吟の半歌仙が巻かれたとある。のち「秋さびし手毎にむけや瓜茄子」となり「奥の細道」で「秋涼し」になったのである。

この芭蕉のはずむような存問の句を見ると、現代でも「秋涼し」がもっと詠まれてよい気がしてならない。

底紅

稲畑汀子編『ホトトギス新歳時記』の編集は、虚子編『新歳時記』の季題を尊重し、それに近年定着した新季題を加えたり傍題とした。その中に、白木槿の底に紅のさした「底紅」がある。それは、

底紅の咲く隣にもまなむすめ　　後藤　夜半

の名句があったからである。この句は、虚子先生御在世中の昭和二十九年十二月号「ホトトギス」雑詠の巻頭句であり、以来、私の心に焼きつき離れなかった。

虚子編『新歳時記』の「木槿」の解説は、「朝開き、夕凋み、翌日はもう咲かないといふので槿花一日之栄などといふ言葉がある。淡紫、淡紅、白色など色々ある。木はあまり大きくならない。鑑賞用に生垣などに植ゑられる。昔はこれを『朝貌』と呼んだらしい。きはちす。花木槿、木槿垣」とあり、「底紅」は、解説にも、例句にもなかった。

「底紅」は、千利休の孫の千宗旦が愛したので宗旦木槿ともいわれ、茶花に尊重される

が、庭に咲いているのも美しく、夜半先生の句はそれである。
平成二十三年私が「木槿」の題詠で出来た次の句は、その本歌取。

底紅や娘なけれど孫娘　　けん二

あらためて、『後藤夜半全句集』（沖積舎　平成十四年）に収められた、後藤比奈夫さんの「わが愛する俳人第四集〈後藤夜半〉」を読んだ。〈底紅の咲く隣にもまなむすめ〉の句について「底紅の花が清楚に咲いている隣家にも、丁度わが家と同じように、結婚前の大切な娘さんがあるのだという句である。底紅の花の姿を借りて、隣家のまなむすめを讃え、隣家の愛娘を讃えることによって、自らの娘を思う。この複雑な心のうごきが、唯一字の『も』によって成し遂げられているのは注目に値する」と書いてあった。又夜半先生晩年二十四年の句をまとめた遺句集の名が『底紅』。その本歌取りは僭越の至りであった。
比奈夫さんから、私の句集『菫濃く』への葉書に、「底紅のお句ほほえましく拝読しました」とあり、ほっとした次第。

吉田の火祭

山梨県富士吉田市の、富士登山入口にある浅間神社で、八月二十六・二十七日祭礼が行われる。火祭は、その二十六日夜の行事である。富士登山吉田口の街道沿いの町筋に大松明が、又戸毎に薪が井桁状に高く積み上げられ、夜に入って一斉に点火される。同時に富士山の各室《むろ》でも点火され壮観である。この祭は、祭神木花咲耶《このはなさくや》姫が、産屋で火に包まれながら三人のお子をお産みになったという神話に基づくという。噴火を重ねて来た富士山の怒りを鎮める祈願でもあるが、この祭で富士山は山じまいとなるのである。

この季題、虚子編『新歳時記』にはなく、稲畑汀子編『ホトトギス新歳時記』（昭和六十一年）に新季題として収められた。多くの作例があり、新季題として入れることに誰も異論はなかった。問題は「火祭」だけで詠むと「鞍馬の火祭」（十月二十二日に行われ、虚子編、汀子編の両歳時記ではその首題が「火祭」）とまぎらわしいので、富士とか、古くからあった御師《おし》の宿を入れて詠むべきとし、

火祭の御師が門辺の二た牀几　　年尾

火祭の富士漸くに夕晴れて　　同

のような例句を入れた。

昭和三十六年、年尾先生の下で清崎敏郎、湯浅桃邑、藤松遊子といった方々と「竹芝会」という句会があった。その会で吉田の火祭を吟行し、次の日避暑を兼ねて山中湖畔の山荘で仕事をされている年尾先生を訪ね、句会をしたことがあった。

火祭の火の衰へし軒並び　　敏郎

火祭の火の粉流るる星の中　　けん二

は、その時の句で、二十六日の日暮れ前から長い時間、町をゆききしたことがあらためて思い出される。しかしこの二句は、吉田の火祭とは限定されない句だ。

いくつかの歳時記を見ると、「吉田の火祭」の例句に、火祭だけで詠んだ句の入っている歳時記がある。それはやはり問題ではなかろうか。そこに、この季題の難しさがある。

生姜市

尾上松緑が平成元年六月二十五日に亡くなった。戦後の歌舞伎を支えた大きな存在の一人を又失ったのだが、その当り役の一つに「め組の喧嘩」の辰五郎がある。これは五代目菊五郎によって完成された芝居だというから、六代目菊五郎の芸風を最も忠実に踏襲した松緑は、辰五郎になり切ったのであろう。文化二年（一八〇五）二月、芝神明の境内で花相撲が催された時、力士と、め組の町火消との間に喧嘩がおこり、死傷者の出た事件をもとにした有名な脚本である。

この芝神明、今は芝大神宮となって、増上寺前の大門通り横のビルの間にあり一寸目立たないが、江戸時代には多くの崇敬者、参詣人を集め、境内には、角力、芝居小屋、見世物小屋が常にかかり、庶民の憩いの場として親しまれたと云われ、土地柄からもさこそと思われる。

生姜市は芝神明の祭礼――九月十一日から二十一日――俗称だらだら祭（祭の期間が長

いため）に、葉生姜が盛んに売られたからの名である。

昭和六十二年九月十七日の夜、「珊」の三人でここへ吟行した。陰祭の年であり、現在は十六日の例大祭に焦点をしぼって行事を行っているので、形ばかりの生姜を売る仮小屋も、名物のあま酒を振る舞う茶店も閉ざされていて、平生とほとんど変わらぬ境内であった。三人集まったところで、せめて話でもと社務所に行くと、昨口、台風の影響もあり、すっかり片づけてしまって申し訳ありませんでしたと、座敷に通しお茶を出して下さった。生姜もありますからと、とってあった葉生姜を三包、奥から出して来てこれをいただいた。あま酒は、祭の期間が十一日間と長いので雨をさけるためとも云います、神輿には今でも神明芸者の女神輿が出ますなどの話を聞き、「千木筥《ちぎぼこ》」という藤を彩った縁起物の小箱を買い求めると、結構祭気分になった。

考えると江戸時代は旧暦、当時は神田祭も九月十五日であったから、晩秋の江戸は大きな祭が続き賑わったことであろう。

芒

芒のことを書こうと、『角川俳句大歳時記』（角川書店）をとり出すと、「芒」の他に「尾花」が首題になっており、櫂未知子氏が次のように解説を書いている。「芒の花穂《かすい》をいい、また芒そのものをいう場合がある。花が獣《けもの》の尾に似ていることが語源らしい。（中略）季語としての芒が草全体を感じさせるのに対し、尾花は主に白い花穂に注目している点が多少異なっている」。実作にふさわしく明快である。又「芒散る」の首題も別にある。

早速、『俳諧歳時記』（改造社）を見ると、ここでも、芒は三つの首題に分かれていた。虚子編『新歳時記』の「芒」の解説は、

「野原到るところに生える。人間の背よりもつと高くなるものもある。長い鋭い葉をつける。その穂を尾花ともいふ。一寸の風にもゆら〳〵と動き、夜目にもぼんやりと見える。秋風に吹きなびくところに風情がある。野分などにもまれる時は凄壮ともいへる。山間の田畦にはよくこれを密植して、稲の風害に備へた所がある」とあり、次の傍題がある。「薄・鬼芒・糸芒・ますほの芒・一叢芒・一本芒・花芒・穂芒・芒散る・尾花散る・

芒野・芒原」

虚子先生は、『新歳時記』の編集で、季題の取捨に意を尽したので、その考えの下に、「芒」を首題とし、「尾花」「芒散る」を傍題としたと思われる。

私にとって「芒」というと思い出す一つのことがある。

昭和十七年の初秋、私は深川正一郎先生を、山中湖畔の虎杖山荘に訪ねた。虚子先生の『句日記』を見ると八月十五日から山中湖畔に滞在しておられるので、虚子先生の句会に出席したかも知れぬが、それは覚えていない。ただ正一郎先生と二人だけで話をしていた。山荘から富士山が見え、そこに雨が降っていた。その時「けん二君、俳句はこうして作るのです」と云って、次の句を示された。

富士山の見えて雨降る芒かな　　正一郎

このことは、初心の私に大きな影響を与えた、と今でも思っている。

男郎花

男郎花は、植物学的には女郎花と同じ「オミナエシ科」である。併しよく知られているように、花の色が白く、姿も大柄で、女郎花のような優美さに乏しい。その為か詩歌に登場するのは女郎花にくらべ、大分おくれてしまったようである。

女郎花は、『万葉集』に既に十四首詠まれており、同集巻八の山上憶良の歌によって「秋の七草」の一つともなった。平安時代になってますます愛好され、その優雅さに加え、「をみな（女）」の名を持つことが、歌人の感興を特にそそった。中世（鎌倉初期）の歌学書『八雲御抄《やくもみしょう》』には、「女によせてよむ」と書かれているという。

『図説俳句大歳時記』（角川書店）の考証を見ると、女郎花は『連歌新式』（応安五年）から既に季のことばとなっているが、男郎花は『毛吹草』（正保二年）に「茶の花《おほどち》」（男郎花の古名）として載ったのが初めてで、「をとこへし」の名は、『増山の井』（寛文三年）以降なのである。つまり古典和歌で、女郎花がそれ程愛《め》でられたのに比べ、男郎花は、当時から一緒に野にあり、眺められていたにもかかわらず、古典和歌には殆どなく、俳諧にとりあげられて初めて、次第に定着した季題なのである。併も〈男郎花流石《さすが》に是も物弱し路道〉のように、女郎花を「女によせてよむ」の伝統を曳きずって、名前によって詠まれていた。男郎花そのものの姿を詠むようになったのは、やはり現代であろう。

女郎花少しはなれて男郎花　　立子

この句は、昭和八年作。女郎花と併せ詠まれているが、男郎花の姿が鮮やかに浮かんでくる名句である。最近、『玉藻俳話』を読み直し、この句が層雲峡での作と分かった。北海道旅行中の句であれば、男郎花、女郎花とも丈が高く、色と姿との差も鮮明で美しく、男郎花の姿のよく出た背景が一層よく分かる気がした。

葛の花

山の子等花葛がくれ学校へ　　　　佐藤　漾人

「葛の花」というと、この句が胸に浮かぶ。今回、虚子編『新歳時記』を調べて見ると、現在も販売されている昭和二十六年刊増訂に際して、虚子選『ホトトギス雑詠選集』に選ばれた句の中から加えられていることが分かった。漾人さんの句は、初版からある〈花葛やかの象潟も遠からず〉の句と並んでいる。

掲句、山国の夏休み明けの登校する子供達の姿がまざまざと浮かんで来る。真夏と違って少し秋めいた朝日が、そこに差しているに違いない。

漾人さんには、昭和十七年「草樹会」で初めてお目にかかった。〈侘助や昨日は今日の昔なる〉〈年の瀬に流されつつも曳く車〉など人事句にすぐれ、写生文にも独自の風格があった。山形県出身の医師で、三菱地所㈱の診療所の所長をされていた。太縁の眼鏡をかけ、少し東北訛の温顔が思い出される。そんなことを思いながら、この句を味わうと、

「山の子」は、作者のふるさと山形県の情景ではないかとさえ思われる。
又、虚子編『新歳時記』の解説を読むと、「豆科であるから豆の花に似てゐる。紫赤色で五・六寸の穂をなして咲くが、葉が大きく繁るのでその蔭に隠されがちである」とあり、「花葛がくれ」という叙法が如何に絶妙であるかが分かる。

万葉集の山上憶良の歌から「葛の花」は、秋の七草とされて来たが、歌や連俳では花より葉に注目されていたという。翻ると葉の裏の白さが見えることから、「葛の葉の」は「裏見」となり、それが転じて「恨み」にかかる序詞などと解説されている。従って、どこにでも身近にありながら、「葛の花」が、真正面から多く詠まれたのは、子規以降であろう。

私の家の近くに武蔵野の崖《はけ》があり、そこに一面に葛が茂り、八月末になるとその葉蔭に何時か花が咲き出す。それは垂れ下がった蔓とか、香りで発見する。その時、残暑もあと一息と思うのである。

邯鄲

『図説俳句大歳時記』（角川書店）に、大町文氏は次のように邯鄲を解説している。

「カンタンはコオロギの仲間に属していて、長さ一・五センチばかり、繊細な感じがする。翅は透明で、からだは淡黄色またはかすかに緑色を帯びた黄色で美しい」「ル・ル・ル・ルと、長く鳴き続けるその声は鳴く虫のなかで最も美しく、幽玄で、夢見るような感じがする。云々」。

月消ぬる邯鄲それのごとく鳴く　　**山口　青邨**

二十年ほど前、秩父三峰神社の宿坊に泊り、邯鄲の声を聞いたことがある。灯のほとんどない場所があり、その暗闇の大きな石に腰をかけ、長い時間、邯鄲の声を聞き、その声は忘れられなかった。

カンタンは、「邯鄲の夢」という故事から連想されての名前という。官吏登用試験に落第した盧生が、趙の邯鄲で、栄華が意のままになるという枕を借りて寝たところ、立身し富貴を極めたが、目がさめると短い夢であったという話で、人生の栄枯盛衰のはかないことのたとえとされている。江戸時代の『虫譜』に邯鄲キリギリスの名があるというがこれはコオロギのこと。鳴き声が、フヒョロ、フヒョロとか、ズィンズィンと誤って書かれていたのもそのためであろうか。邯鄲に古句はない。

平成十八年九月四日、「花鳥来」のお仲間加藤恵子さんが車を運転して、東京青梅市の御嶽《みたけ》神社の御師《おし》の宿へ、邯鄲を聞きに連れていって下さった。御師の宿に着いて、夕食を食べていると月も上がった。そのうち、どこからか邯鄲の声が聞こえて来た。庭の草叢の中らしい。同行五人みな縁側から庭に下りた。邯鄲は二ヵ所から聞えてくる。谿をへだてて御嶽神社の灯があり、月はその上にあった。鈴木すぐるさんが、懐中電灯を持っていて、手招きをしている。それは紫陽花の葉の上で、邯鄲は、透明な翅を目いっぱい見事にひろげ、懐中電灯の光の中でも、鳴き続けているのであった。

蓑虫鳴く

蓑虫は、成虫がミノガという蛾の幼虫で、鳴くことはないが、古くから、

蓑虫の音を聞きに来よ草の庵　　　　芭蕉

のように鳴くものとして詠まれて来た。

その典拠は、よく知られているように『枕草子』の次の一節からとされている。

蓑虫《みのむし》、いとあはれなり。鬼のうみたりければ、親に似てこれもおそろしき心あらむとて、親のあやしき衣《きぬ》ひき着せて、「今、秋風吹かむをりぞ来んとする、待てよ」と言ひ置きて逃げて去《い》にけるも知らず、風の音を聞き知りて、八月ばかりになれば、「ちちよ、ちちよ」とはかなげに鳴く、いみじうあはれなり。

つまり、蓑虫は鬼の生んだ子なので、その子もおそろしい心を持っているだろうと、親

が自分の子に汚い衣を着せ、秋風の吹く頃迎えに来ると云って逃げてしまった。そこで子は秋になると、ちちよと鳴くという話である。真下喜太郎氏は、説話自体は以前からあったものを清少納言が、主観で潤色したものらしいが、写実的傾向を持った筆力で「父よ」は決定的なものとなったと書いている。

解説の詳しい現代の歳時記では、「蓑虫鳴く」はカネタタキの声を聞き誤ったものだとする昆虫学者の説を引用している。「鉦叩」は一度名前を覚えたならば忘れられない位の声で身近に鳴き、私の好きな虫でもあるので、その説はすぐには信じられなかった。今回小林清之助氏の『季語深耕「虫」』を読み、鉦叩は涼しくなると昼間鳴き、晩秋になると声も張りがなくなり「チ・チ・チ」とかすかとなり、どこで鳴いているのかはっきりしなくなる、それを聞き違えたのだろうと書いてあって、やっと納得した。江戸時代後期には庶民の間で虫飼いがはやり、虫売が商売となる位であったが、各種の虫の生態が明らかとなり名前が定着したのは現代で、鉦叩の句は明治以前には無い。

「蓑虫」はその生態よりも「蓑虫鳴く」の方が俳諧味があり、鳴くものとして多く詠まれていたのも尤もなことだと思う。

鰯雲

虚子編『新歳時記』の解説には、「秋空に時として、白い雲が鯖の斑紋の如く、魚鱗の如く、或は波の如く現れることがある。古来、この雲が現れると、鰯の大漁があるといふので鰯雲と呼ばれた。云々」とある。

気象学的には巻積雲の一つの呼名《よびな》で、前線付近に生じ、こまかい氷の粒（氷晶）からなり、五千メートルから一万三千メートルまでの高い空に現れ、規則的に配列するものということになる。

「鯖の斑紋」の如くという形容はよく納得され「鯖雲」とも詠まれ、「魚鱗」の如くという形容もよく分かり「鱗雲」とも詠まれるが、古来作例が少なく、「鰯雲」として詠まれた例が圧倒的に多い。

歳時記の「鰯雲」の例句は、古句の筆頭に次の句が多くのっている。

鰯 雲 鯛 も 鮑 も 籠 り け り　　北 枝

北枝は加賀の人。研刀を業としたが談林の俳諧に親しんだ。その後芭蕉に入門、この句の入っている『鷹師子集《こもじし》』は元禄六年編で蕉門の句を集めたもの。鯛も鮑も、春から夏が旬とすると、鰯雲が出て、すっかり秋の空となり、鯛も鮑も海底に籠もったという句意であろうか。句としては余り魅力はない。「鰯雲」の名称は、雲の形が鰯の寄る姿からとも、鰯の大漁があるからともいうのは古来からであろう。雨の前兆、台風の前兆ともいわれるが、いかにも秋らしい雲で、現代に入り多く名句も生まれた。

鰯雲昼のまゝなる月夜かな　　花蓑

昭和五十七年九月、上野章子さんと犬吠埼に行ったことがある。燈台に上り近くの虚子先生の「犬吠の今宵の朧待つとせん」の有名な句碑に佇んだ。その時、大平洋にかけて空一面に鰯雲が広がっていた。私の句も一緒に「春潮」にのせていただいたが、句集『六女』には、

句碑に佇ち鰯雲今ふりかぶり　　章子

がある。父虚子の句碑にしばらく佇み、立ち去る時の章子さんの靴音は、鰯雲の空にひびき、今も私の心に残っている。

紫苑

平成十三年十月一日、二日、NHKテレビ「五七五紀行」で小諸の虚子先生の句を私が紹介する番組のロケをしたことがある。虚子庵前の紫苑は見事な高さに花を咲かせていたが、生憎雨が降り出し、晴れ間を見て撮影するのに随分苦労した。

人々に更に紫苑に名残あり　　虚子

三年間の小諸の疎開が終わり、鎌倉に帰る前の桃花会（昭和二十三年十月五日）での作。写生文「紫苑」には、小諸を去る決心をし、いつもの散歩を終え、縁に腰を下ろした時に目の前の紫苑を見た感想が書かれている。昭和十九年九月、初めて小諸の家に来て門を入ると咲いていた。西山泊雲の死の伝わった時（同年九月十五日）も、終戦の詔勅が伝わった時も、その他くさぐさの出来事の時も、この紫苑が目の前にあったというのである。

虚子編『新歳時記』の解説は、「菊の属で、淡紫色、単弁の花をつける。多く園養されて、六尺くらゐにもなってゐるのがある」と簡単で、昭和二十六年改訂に際し、初めて虚子の次の句が加えられた。

泊雲逝去の報至る

紫苑咲く浅間颪の強き日に　　虚子

紫苑は、わが国の原産で九州地方には野生するものもあるが、通常は庭に植え、又切り花として観賞するもの、と『図説俳句大歳時記』（角川書店）にあり、

栖《すみか》より四五寸高きしをにかな　　一茶

の例句もある。

古今集物名歌《ぶつめいか》（歌の意味と関係なく物の名を読みこんだもの）により、紫苑は「しをに」と詠まれているが、当時から庭に植えられていたことが分かる。

今回、虚子の小諸時代の『句日記』を当たると、紫苑の句は昭和十九年の四句（前記泊雲逝去の句を含む）以外昭和二十三年桃花会の一句のみである。それだけに、写生文「紫苑」の思いがすべて、「名残あり」にこめられている気がした。

爽やか

虚子編『新歳時記』の解説に、「秋は気清く、明らけく、快適な季節で爽やかさを覚ゆる。又空気が乾燥して清澄であるため、何でもはつきりした感じがする。………」とあり、例句に、

過ちは過ちとして爽やかに　　虚　子

がある。この句は私が俳句を始めて間もない昭和十八年の作で印象的であった。

多くの歳時記を見ても、爽やかの例句に古句がないことに気づいたのは、『ホトトギス新歳時記』編集の時で、私の調べた範囲では例句は大正以後である。しかし『図説俳句大歳時記』（角川書店）の考証に「連『和漢篇』（兼良）連『漢和法式』（明応七）に『爽』として秋」とあるように、連歌以来既に秋季と定まっていた。

今回あらためて、見直してみると、前記考証につづいて「『増山の井』（寛文三）『をだ

まき綱目』（元禄一〇）以下に『爽気』として、七月『ひややか』の傍題とする」と書かれてあった。「爽気」は漢字「爽」の熟語であり、宋の太宋の詩、「爽気澄《マシ》二蘭沼《ヲ》一、秋風動《カス》二桂林《ヲ》一」が有名である。そうすると、「爽」「爽気」といった言葉が俳諧になじまなかったのであろうか。

ひや〳〵と壁をふまへて昼寝かな　　**芭蕉**

は、元禄七年芭蕉没年の句であるが、当時「昼寝」は季となっていなかったから「ひやひや」を以て秋季としていたことは『赤冊子』の「是も残暑と、かの門人いへば、師宜《しよし》と也」でも明らかである。「ひややか」と「爽やか」は違う感覚であるが句がないため、俳諧では当時別立てになっていず、『年浪草』（天明三年）あたりから「爽気」が独立したように思える。こうした伝統を踏まえ、作品によって、季題を蘇らせ定着させたのが大正以後の俳人ではなかったろうか。

『ホトトギス雑詠全集　七』（昭和六年）を見ると初出大正七年で以下二十六句あり、

爽やかに山近寄せよ遠眼鏡　　**草城**

は大正九年。当時の新進作家草城にとって、この季題は新鮮なものだったに違いない。

秋晴

虚子先生が、小諸に疎開中の昭和二十一年に出版した『小諸雑記』の「小諸」と題する文章の中に、浅間山のことが、次のように書かれている。

汽車が熊谷をも過ぎ本庄駅あたりに来ると、黒ずんだ妙義山脈の上に真白な雪の山が聳えてゐるのが見える。それが浅間山である。富士、浅間と竝び稱せられる丈あつて、高い山であることが成程と首肯されるのであるが、それは武蔵野の平原から来た時分に、初めて受ける感じであつて、それから碓氷峠を登つて軽井沢に出て見ると、その前にぽつんと見える浅間山は、左程高い山とも思はれない。それから汽車が小一時間走つて、小諸に来て見てもやはり同じやうにあまり高い山とも思はれない。

此の小諸といふ所は考へて見れば随分高いところにあるのである。

その小諸へ私は、先生の疎開中から何度行ったか分からないが、小諸からの浅間山として、私に最も印象的だったのは、平成十三年十月二日の秋晴の浅間山である。前日からNHKテレビ「五七五紀行」の番組のロケで小諸に行き、その日は時に雨が降ったが、二日目は風が出て、すっかり秋晴となった。ロケは、しめくくりに入れる夕方の浅間山を美しく撮影するため、小諸から佐久への街道を、車で何度も往復した。

虚子編『新歳時記』の「秋晴」の解説は、「秋晴の空を仰げば遊心勃々と動いて来る。秋日和」とあり、「秋日和」の方は、秋晴より一層風の無い気がする。

ロケの後、日ならずして「秋晴」の題詠で、秋晴の浅間山を詠んで〈秋晴の一日なりし浅間山〉〈師の仰ぎ給ひし浅間秋晴るる〉などと、いくつも作っているうちに、地名が消えて次の句となった。

ゆるむことなき秋晴の一日かな　　けん二

今思うと〈秋晴や心ゆるめば曇るべし　虚子〉（昭和十五年作）無くしては出来なかったかもしれないが本歌取ではない。

鶺鴒

稲畑汀子編『ホトトギス新歳時記』（昭和六十一年）の解説は次の如くである。

背黒鶺鴒、黄鶺鴒、白鶺鴒など種類はいろいろあるが、長い尾を持っていて、絶えずこれを上下に動かしながら、水辺、谷川など石から石へと軽快に飛び渡る。年中見かけるが秋水にふさわしく古来秋季としている。（以下略）

「石たたき。庭たたき」が傍題にあり、次の句にその走りようがよく出ている。

鶺鴒のとゞまり難く走りけり　　**虚子**

所沢市と清瀬市との境を流れる柳瀬川は、私の家から歩いて、二、三分のところにあるので、よく川辺を散歩するが、鶺鴒は秋に限らず見かける。尾の動きと走り方ですぐ見分けられるが、その種類は、背黒鶺鴒と思い込んでいた。

この鳥の季題としての初出は『毛吹草』（正保二年）で八月。以後秋の季題として詠まれて来た。野鳥の研究が進み、山谷春潮氏が『野鳥歳時記』（昭和十八年）で白鶺鴒だけを冬の部に入れ、他を無季の鳥とした。つまり白鶺鴒だけが渡り鳥で、他は留鳥や漂鳥だからである。

小林清之介著『季語深耕「鳥」』（平成元年）は好著で鶺鴒についても丁寧な調査と例句が入っている。それによると、北方で繁殖し、秋南下する冬鳥の白鶺鴒の習性にも十年ほど前から大きな変化が生じ、北へ帰らず、留鳥となり、氏の住む東京町田市近くの川でも白鶺鴒が殖え常連の背黒鶺鴒を追い出したと述べている。

清瀬市の自然を守る会のK氏に電話で問い合わせたことがあるが、柳瀬川近くにも、白鶺鴒が一年中居り、秋など畑仕事をしていると、うしろからぱっと飛び立つという。清瀬でも以前は他の鶺鴒も居たが、今は白鶺鴒が主で、一見背黒鶺鴒に似ているが、顔が白いのではっきり分かるとの明快な答が返って来た。

今や鶺鴒は、大方留鳥となったが、その容姿、動きは、やはり秋の大気や水辺に最もふさわしいのではなかろうか。

榠樝《かりん》

かの榠樝落ちなばわれを殺すべし　青邨

「榠樝」というと、すぐこの句を思い浮かべる。かなり高いところに実っているあの凸凹の実。それにしてもいかにも青邨先生らしい飛躍である。今回あらためて『山口青邨季題別全句集』で調べると、昭和二十五年、句集『庭にて』にある。「小石川植物園――東大ホトトギス会」の前書で「くわりんの実青くつたなき性にして」などとともにあった。

もう一つ忘れられない句は、

旅に病むくわりん砂糖漬ただあまし　蕪城

「ホトトギス」昭和十七年三月号の句で、当時木村蕪城さんは、長い療養のあと諏訪湖畔に住まわれるようになった頃か。丁度私が俳句を作り始めた頃で、「大崎会」という虚子先生の句会に同席したことがあり、雑詠句評会にのったこの句も忘れられない。

「榠樝」は堅く生食には不向きで、砂糖づけにしたり、煮て食べ、又咳止め薬にしたりする。蕪城さんの句は、これを詠んだものと思っていたが、『カラー図説日本大歳時記』（講談社）の解説をその蕪城さんが書いており、これは「榲桲《まるめろ》」であることが分かった。中央アジアの原産で、江戸時代に初めて日本に入り、冷涼な土地に適し、諏訪地方が主産地となり、この地では「かりん」と誤り呼ばれていると書かれている。「榠樝」は中国原産の落葉高木、日本への渡来は古い。「榲桲」が少し小粒で果面に密毛があるのに対し「榠樝」にはこれがないと解説は明解。

昭和二十五年に見ていただいた私の句稿に青邨先生は赤鉛筆で次のように書いて下さった。「植物園の句会、たのしかつた。あゝいふところは環境がよいんですね、遅く行つたので、時間が足らなかつた、くわりんの句、今度はあなたにしてやられた。八月三十日」当時熱の入って来た私への師のいたわりである。

私の句は「榠樝青し重ねし旅の帽を手に」。

菊供養

菊供養が今行われているのは、浅草観音で十月十八日。明治三十年十月十一日は、丁度陰暦九月九日の重陽《ちょうよう》に当たり、貫主が京都の菊供養にゆかりの法話をして人々に感銘を与えたことが縁で始まり、戦後陰暦を陽暦に直すと毎年日が変わるので御縁日の十月十八日にしたそうである。

重陽は五節句の一つで起源は中国。日本に宮庭行事として取り入れられたのが奈良時代、平安時代初期が一番盛んだった。群臣に宴を賜り、詩歌文章《しいかもんじょう》を課し、茱萸《しゅゆ》の房を頭にかざして邪気を祓い、菊酒を飲んで延命長寿を祈るのが例だったという。行事は中世になると衰えたが、江戸時代に幕府は重陽を重視し、諸大名こぞって登城、祝詞をのべ、献上品に菊花を添え、菊酒を賜わった。民間では栗飯を食べ、「栗節句」とも云われた。京都の寺院では菊供養法要を行い、その菊をいただき、災を除き長寿を祈る行事の行われたところもあったと聞く。

昭和五十九年初めて菊供養に出掛けた。浅草に着いたのは十二時半。境内で黄菊を小さな束にして積み重ね売っていたので、その一つを買い、本堂に入ると、内陣は既に人が一杯で、間もなく供養の読経が始まるところであった。右手から靴を脱いで上がり人の後に坐ると、その後から次々に人が上がって坐った。側の女の人が、内陣のうしろを廻って左手に行くと買った菊を御加持済みの菊と替えて下さると、教えてくれた。読経は大僧正が数人の僧を従えて着席し、観音経を読み約三十分、終り頃には三方から紅白の散華が舞った。僧が立つとその紙を小走りにとりに行く人がいて、一寸騒がしかったが漸く落ちつき、菊を供え、菊をいただく人が続いた。

帰りに青邨先生のお宅へ直行、供養菊をさし上げ、その模様をお話ししたところ後日、「夏草」誌上に、次の句が「けん二君立寄る」として発表された。

菊もたらす菊供養の帰りとて　　青邨

敗荷

印旛沼の俳友石井とし夫さんのところへ行くようになって、沼の四季の季題が少しづつ分かってくるようになったが、平成元年の十月芦の花を見に行き、何箇所かで作った後、最後に蓮田がすぐ下にある堤に来た。丁度、葉が部分的に枯れ破れて、柄の折れているのもあり、まさに破れ蓮、そう思って腰をすえた。

虚子編『新歳時記』には、「敗荷《やれはす》」が首題で十月にあり、解説に「葉の破れた蓮である。破《や》れ蓮《はちす》。敗荷《はいか》」とある。

この「敗荷」、読みにくい字と思っていたが、今回、手元の十一の歳時記を当たってみたところ、水原秋櫻子編の二つの歳時記が、『破蓮《やれはす》』を首題としているだけで、他は「敗荷」が首題であった。

「荷」を『大字源』（角川書店）に当たってみると、「読み」は「になう（になふ）・はす」で「字義」の曰に次の如くある。

「はす。はちす。芙蕖《ふきよ》。芙蓉《ふよう》。沼や池に生える、多年生水草。柄が長く、その実を蓮《れん》、地下茎を藕《ぐう》といい、いずれも食用とする」。

蓮はインド原産、中国から渡来し（わが国原産の古代蓮が近年発見されたが）、「荷」がもともとのハスの字であったようである。種《たね》の入った花托《かたく》が生長して表面に小孔のある状態がハチの巣に似ているのでハチスと云い、それをちぢめて蓮《れん》をハスと云うようになったとされている。

山本健吉著『基本季語五〇〇選』には「荷」は特に蓮の葉に云うと書いてあるので、「敗荷」は歴史的に見ると当然の字ということになる。ただ古い歳時記に秋の題として登録されたのは『改正月令博物筌』（文化五年）で比較的遅く、作例は「さればこそ賢者は富まず敗荷　蕪村」の外は大正以降というのが事実のようである。夏の題として、「蓮」と共に「蓮の葉」を『山の井』（正保五年）が「荷葉・巻葉」として既に入れており、古典の作例も多いのに比し「敗荷」の作例が殆どないのは、字は古くからあっても、その趣が現代的なためではなかろうか。

ふれ合はずして敗荷の音を立て　けん二

草の錦

「草の錦」は、虚子編『新歳時記』では、「草紅葉」の傍題である。「草紅葉」の解説は、「色づいた秋の千草をいふ。木々の紅葉のやうに、眼を奪ふ絢爛さはないが、しみじみとした可憐さは却つて此方にある」。傍題には他に「草の紅葉」「蓼紅葉」があるが、「草の錦」の例句はなかった。

併し、稲畑汀子編『ホトトギス新歳時記』の「草紅葉」の例句には、

たのしさや草の錦といふ言葉　星野　立子

が入った。それでも他の例句は、すべて「草紅葉」である。

今回、『図説俳句大歳時記』（角川書店）、『カラー図説日本大歳時記』（講談社）などといくつかの主な歳時記を当たっても「草紅葉」の例句に、「草の錦」の句は、立子先生の一句だけであった。

一方「野山の錦」という季題がある。虚子編『新歳時記』は、「草紅葉」の次に立項

し、「秋の野山が紅葉したのを、錦にたとへていふのである。……」と解説し、例句に次の句がある。

眼つむれば今日の錦の野山かな　　　　虚子

角川版その他の歳時記では、「野山の錦」は地理に分類し立項してあり、〈「草紅葉」は植物〉「山の錦」「野の錦」を傍題とし虚子の句以外にも例句がある。

立子先生の草の錦の句は、昭和二十一年作。句集『笹目』に、次の句と並ぶ。

貸しくれし草履うれしく草紅葉

終戦の次の年の旅の句であろうか。少しの親切にも心がはずんだ時代を思い起こす。歳時記に「草の錦」とあるのを見て一気に心が飛躍されたのであろうか。私よりはるかに詩人、と虚子先生が云われた立子先生ならではの句である。「言葉」を称えながらほんのりと景が浮かぶ。

この句がいつも頭にあって、私も、磐梯山に連なる山が錦織りなすのを見て、〈草も又山の錦に従ひぬ〉と作ったが、草の錦の句と云えようか。「草の錦」の佳句を知らせていただければ幸いと思う。

紅葉且散る

「紅葉且散る」は、紅葉しながら、且つ散るつまり同時に散るという季題で、秋季。「紅葉散る」といえば冬季である。この季題、古くからの歳時記に九月（秋）としてのっている。その原拠として新古今集の次の歌があげられている。

下紅葉かつ散る山の夕時雨ぬれてやひとり鹿の鳴くらむ　**藤原　家隆**

山本健吉氏は、『俳句歳時記』（平凡社）の考証で、「『かつ』は片一方よりという意味で、『かつ散る』は一方から次第に散ることである。この歌は、下葉の紅葉が先に色づき、先に散って行くのである」と書いている。

古くからの歳時記に登録されながら、例句としては其角の、

かつ散りて御簾に掃かるる梍《もみじ》かな

などはあっても、余り名句は生まれなかったように思う。美しい言葉であるが、飯田龍太

氏の云うように、言葉として出来上り過ぎているきらいもあり、実作に少々厄介ということであろうか。

一枚の紅葉且散る静かさよ　　虚子

この句は、虚子先生が、父君が若くて武者修行に来た九州の秋月城址に案内され佇んだ時の句である。「父を戀ふ」（昭和二十二年二月号「ホトトギス」）という文章の中にその原句がある。夜自動車で、秋月に近い甘木の嘉太櫨氏の家に泊る道すがら、車の中で、父の通ったあとを偲び、父恋の心となった。その次の日、秋月城址の一本の濃紅葉の下に立った時のことを、昨夜の自動車の中での感情がよみがえって来て、此処でも亦涙のにじみ出て来るのを禁ずることが出来なかった。覚えず啜り泣きをしようとした、と書いている。

わが懐ひ落葉の音も乱すなよ
一枚の紅葉唯落つ静かさよ
濃紅葉に涙せき来る如何にせん

二句目の「唯落つ」が、「且散る」となったのであり、推敲の妙を知るとともに、「紅葉且散る」の本意を深める名句が生まれた背景を思う次第である。

猪

「猪」は、虚子編『新歳時記』に次のように解説されている。

> 猪は豚に似た毛の疎い動物で、晩秋、鹿などと共に田野を荒しに出る。山の尾根を何十里となく傳つて来る。實つた稲穂や豆・藷等を食ひ荒し、田畑の土を掘り返して野鼠・蚯蚓などを食ふ。少し山がかつた田には猪垣が早くから結はれる程である。

十月に[三]として置かれたのは、山野を荒しに出るのが晩秋だからである。

『図説俳句大歳時記』（角川書店）によるとヨーロッパからアジアの中部と南部にかけて広く分布し、北朝鮮や満州に産するものは体長一・五メートル、体重三〇〇キログラムに達するものがあるが、日本産では大形のものでも体長一・四メートル、体重一九〇キログラムぐらいが限度の由。

猪もともに吹かるゝ野分かな　　　　　　**芭蕉**

元禄三年、幻住庵での作と云われる。『幻住庵記』には、「昼はまれまれ訪ふ人々に心を動かし、或は宮守の翁、里の男ども入り来たりて、猪の稲食ひ荒し、兎の豆畑に通ふなど、わが聞き知らぬ農談……」とあり、定めし猪が近くに出たものと思われる。その背景で芭蕉のこの句を読むと、何もかも吹かれている野分の様子が猪によって生き生きと描写されていて、あらためて感動する。勿論この句の場合、季題は「野分」である。

山梨県都留市ふれあい全国俳句大会で、

大猪を担《かつ》ぐ生木の撓《しな》りけり

という句を私が特選にしたところこれが文部大臣賞。「生木の撓り」に臨場感があり、その作者に会い、話を聞ければと、都留に出掛けた。

講評は廣瀬直人さん。昼食を共にし、廣瀬さんには、蛇笏賞受賞のお祝を述べ、しばらく懇談することが出来た。

猪の句の作者は、青梅市の男の方で、風貌からもいかにも身近な体験と思えた。授賞式が終わり、その方に話を聞こうとしたが、予め話をしておかなかったので、あっという間にその方は帰ってしまい、その句の出来た経緯は聞けなかった。

川越祭

川越は、徳川幕府以来、江戸城北辺の護りとして、又豊富な物資の供給地として栄えた城下町で、小江戸と呼ばれた。

蔵造りの店舗、喜多院など、江戸を偲ぶ材料があり、一時間足らずで行ける便利さもあって、私の指折の吟行地である。又、十月中旬に行われる、川越祭にもよく出掛けるようになった。

川越祭は、慶安元年（一六四八）城主松平信綱が、氷川神社へ神輿や祭礼用具を寄進し、大いに祭礼をすすめたことから始まったといわれる。その後江戸との交流により神田祭や山王祭の様式が取り入れられて、華麗な山車が曳き回されるようになった。その様式が、明治以後の激動の時代を越えて今日に伝わっているのである。神田祭は江戸時代、今の神輿中心と異なり山車が主役で、延々数町の行列が続いたことを知っていただけに、一層川越祭の山車には興味が湧いた。

平成十一年のＮＨＫ俳壇「私の武蔵野探勝」のロケの一部に川越祭を入れることを、松井ディレクターと相談した。岡安仁義さん始め多くの方の尽力で、元町二丁目の山車を撮る約束がとれた。

山車は、四つ車を持った台座の上に、二重の鉾山車《ほこだし》が組まれ、その上に人形が飾られる。特に元町二丁目の山車の組み立ては、祭前日の朝から夕方までかけて念入りに行われるということだった。

ロケは祭前日の朝から始まった。その時初めて三百余りの部品が丁寧に保管されていて、それを一つ一つ組み立てることを知った。喜多院なども撮影しているうちに、夕方にはほぼ組み上がった。

次の朝、町角の山車置場に役員始め祭姿の町内の人が集まり、木遣りの流れる中で龍を刺繍した赤い幕が張られ、最後に山王の人形がせり上るのを見た時は、私の胸にも感動が湧き上がった。

川越祭は二日間、山車飾り、曳き回しで賑わうが、秋季のため、「祭」「山車」だけではその感じが出ないのが残念である。

朝鵙に山車の組立はじまりし　　けん二

冬

初霜

虚子編『新歳時記』に「初霜」は、十一月（冬）に配列されており、その解説は、「はじめて置く霜である。土地に依つて遅速があるが、東京では平均十一月十日頃である」。例句には次の句がある。

初霜のありしと思ふ庭を掃く　　藤村藤羽

「初霜」の歌といえば、

心あてに折らばや折らむ初霜の置きまどはせる白菊の花

が有名であるが、これは『古今集』秋下にある「白菊の花を詠める」とした凡河内躬恒《おおしこうちのみつね》の歌。連歌俳諧では古くから「初霜」は、「冬」として分類されている。そのわけは、『滑稽雑談』の「△按ずるに、霜は秋よりあれども、〝初霜〟といふも、冬なり。〇連歌本意抄に云、霜は秋の半ばより降るものなり。秋の詞入れては、秋なり。ただ〝霜〟とばかりは、〝初霜〟も冬なり。中の春までは降るものなり」がよく云い得ている。

平成十四年十一月七日、立冬の日小諸へ行った。この日はよく晴れ、雪を冠った浅間山がまことに美しかった。ただ驚いたことは、八幡の森や懐古園に行くと、銀杏が、葉の青いうちに、文字通り一葉も残さず散っており、その落葉が湿って青くさいのである。それ迄比較的あたたかな日が続いたところに、その朝急に強い霜が下りたためだということであった。

朝の霜を見ていない私には、この状況を句に詠むことはとうとう出来なかった。

「初霜」が、虚子編『新歳時記』で十一月（冬）に配列されているのは、序にあるように、「季題の配列は大体東京を中心とし」によるもので、季の決定は、伝統をふまえて冬としたものであろう。

秋霜烈日などといい、秋の霜は夏のはげしい日と並べて、きびしくおごそかなことのたとえにもなっている。それらをもとに、各地の風土で、十月でもその感じで「初霜」とも「秋の霜」とも、更に「霜」とも詠んでよいと私は考えている。

十日夜《とおかんや》

「亥《い》の子《こ》」について、稲畑汀子編『ホトトギス新歳時記』に次の解説がある。

収穫祭の一つで主に関西以西の行事である。陰暦十月の初亥の日に、亥の子餅といって新穀の餅を搗き田の神に供える。また子供の行事として、藁を束ね、縄や蔓などで巻いて棒のようなものを作り『亥の子の餅をつかんものは鬼を生め、蛇を生め、角の生えた子を生め』と唱え、家々の門口をつき回る。これで地中の害虫を除くと信じられ、さらに猪は多産であるから安産を祈る風習ともされる。云々。

平成二年十一月十日、私は、「花鳥来」の人々と、秩父の荒川のせせらぎに沿った宿に泊りがけで句を作りに行っていた。小春日の夕方の川原は、草の穂絮が飛び綿虫が飛び、空は燃えるようであった。

宿への帰り道、ある家に子供が集まっていた。手に藁鉄砲を持っている。つきそっていた男の人に聞くと、子供会で十日夜《とおかんや》を復活し、今晩近くの家を廻るという。いくつかの歳時記に、西日本の亥の子に対して、同じ行事を東日本では陰暦十月十日に行っている、亥の子と同じく収穫祭である、と解説があるのを読んで、皆は興奮して宿で待っていた。六時頃、子供達の声が近づいて来て、やがて宿の玄関先にも坊主頭の子供達が現れ、輪になって、「十日夜　十日夜　朝牡丹餅に　昼団子　夕食食ったらぶっとばせ」と囃しながら、藁鉄砲で地面を叩いて廻った。星空の下の思わぬ出会いであった。

「亥の子」は最も古い俳諧歳時記『花火草』から季の言葉として載っており、亥の子の神は田圃の神として信じられていたから農村の行事であるが、朝廷、武家でも行われており、そのことについての由来は明らかでないようだ。それに対し「十日夜」は、陰暦四月十日に山から降りた田の神が、十月十日再び山へ帰る日として、骨折りを感謝するといった農村行事を指すのが一般で、群馬、埼玉、山梨、長野の諸県に残ったと云われている。

秩父路に塩撒く習ひ十日夜　　内出ときを

茶の花

私の住まいは埼玉県所沢市。近くの柳瀬川をへだて川向こうは、東京都清瀬市。一方所沢市の北西は狭山市に接している。狭山といえば狭山茶の生産の中心、今でも茶畑が多い。所沢市にも茶畑が残っており、私の家のすぐ裏の菜園の垣根は茶の木である。

昨年十月九日、そこに行くと、もう茶の花がころころと落ち、花盛りであった。

虚子編『新歳時記』の「茶の花」の解説は、「初冬の頃白い花を開く。吐くやうな黄ろい蘂に日がさして茶の花日和とでもいひ度い日が来る。葉蔭、葉表に圓い蕾が可愛いゝ」と、まことに要を得て、私が、近くの茶垣で見る茶の花の姿が見事に写生されている。

茶の木は、中国、日本が原産であるから、自生もあったようだ。しかし広く日本で栽培されるようになったのは、鎌倉時代栄西禅師が中国から茶種子を導入してからである。

『図説俳句大歳時記』（角川書店）を見ると、一番旧い俳諧歳時記『花火草』（寛永十三年）の十一月に立項され、古句も多い。

宇治橋の神や茶の花さくや姫　宗因

茶の花や利休が目には吉野山　素堂

茶の花のわづかに黄なる夕べかな　蕪村

素堂は、芭蕉と同時代の人であるが、利休には吉野山の桜とも見えようという句意で、本格的にその美しさが詠まれるようになったのは、子規以降であろう。

茶の花に暖き日のしまひかな　虚子

茶の花の花期は比較的永い。しかし茶の花日和という小春のあたたかさも、もう終りであろうという十一月末から十二月初めの花の姿と寒々とした薄日が見えるようである。明治三十六年作。

狭山の茶畑には茶摘の頃、毎年のように吟行するが、茶畑の花は見ていない。平成十五年十一月十九日、ＮＨＫ学園晩秋吟行会で静岡県大井川をＳＬで遡り千頭《せんず》まで行った。その斜面は、一面の茶畑で、丁度花が盛りであった。

花秘めて頂までの茶畑かな　けん二

山茶花

十月末になると、私の住む町でも庭の山茶花が咲き始め、やがて散り出す。

虚子編『新歳時記』の解説には、「茶梅とも書く。椿に似て、椿より淋しい感じの花である。晩秋から冬にかけて咲く。白色或は淡紅で蘂は真黄である。普通、庭や垣根などに育ててあるが、四国・九州などには野生が多い」とある。

植物学的には、「サザンカは、ツバキ科の常緑小高木で四国・九州に自生している」ということになり、日本の原産なのである。自生は白色、六弁あるが一弁は小さく五弁のように見える。徳川中期から園芸種として改良され、種類が多くなり、庭に植えられたり垣根となり盆栽にもされている。

「茶梅」は漢名であるが、サザンカはもともと中国には自生していなかった。しかしツバキは自生しており、その漢名は「山茶」なのである。

『大歳時記』（集英社）に「和名を古くは〈山茶花《さんざか》〉と発音したが、のち転訛して〈山茶花《さざんか》〉となった」とあるので、日本では、ツバキの漢名を用いてしまったのであろう。

山本健吉氏は、俳諧時代になって、初めて詠題として登場し、元禄時代に詠まれたが、天明期の例句が乏しいのは嗜好の推移を物語るものか。明治時代以降は、再び好んで詠まれている、と書く。

『芭蕉俳諧七部集』の『冬の日』巻頭、

狂句こがらしの身は竹斎に似たる哉　芭蕉

たそやとばしるかさの山茶花　野水

は忘れられないし、色は白に違いない。

平成四年十一月二日、私淑していた浄土真宗昌平寺開基住職小畑俊哲先生が六十七歳で亡くなられた。頑健な心身で武蔵野女子大学教授もされ、夜を徹しての活動をされていただけに、一年余りの闘病のあととはいえ、考えられぬことであった。私の庭の八重の白山茶花が鮮やかに咲き出した時であり、先生は白山茶花を好まれていた。以来、白い山茶花が咲き出すと、今も心の痛む思いがする。

死にたまふ山茶花の白きはまれば　けん二

芭蕉忌

虚子編『新歳時記』の解説は、「陰暦十月十二日、俳句の祖、松尾芭蕉の忌をいふ。はら〳〵と降りかかる時雨を仰げばはたと芭蕉の心に逢着する懐ひがある。時雨のもつ閑寂・幽玄・枯淡の趣はそのまゝ移せば芭蕉の心の姿である。恰も時雨月のことで、芭蕉の忌を時雨忌ともいふ。元禄七年、大阪で逝く。行年五十一。近江義仲寺に葬つた。翁忌。桃青忌」。

昭和二十七年十月四日、鎌倉の虚子庵に一人伺った時の聞き書きがある。「芭蕉というのは、哲人というのではなく、作家であったと思う。これは『奥の細道』や『幻住庵記』を見ても分かる。そのことがまことでないというのではないが、生涯を創造したのだと思う。『幻住庵記』にしても、わびしいということはあるにしても、又一方、あの記を書こうという考えがあったものと思う。生涯を創造するということは又、生涯を省略するとも云えると思う。野心家というものは、そういう傾向がある。子規もそうであった。芭蕉が作家であるということは連句を見れば分かる。そこに現在の小説にもあるような世界が出ている。自在であった。〈紅梅や見ぬ恋つくる玉すだれ〉のような句ばかりでなく〈馬に出ぬ日は内で恋する〉のような境涯を詠むことが出来た」。

この人や時雨のみにて律する非　虚子

は「昭和十七年十一月十一日。伊賀上野市より芭蕉三百年祭。祝句を徴されて」の詞書のある句である。

大津義仲寺の芭蕉の墓に家内と行くようになったのは、京都、大阪、芦屋などで会がある時、泊りは大津が便利と知ってからである。それは「夏草」の同門で兄貴のような古舘曹人さんから教わったこと。

一昨年は十一月二十八日、大原・三千院を見に出かけ、その帰りに大津に泊り、二十九日、義仲寺へ行った。そして瀬田の唐橋まで車で行き、琵琶湖を眺めた。

京よりも淡海親しや翁の忌　けん二

七五三

子供の頃から七五三は、十一月十五日の行事と思っていたが、今は、十一月を中心に土曜日曜など都合のつく日に、神社に詣でている。

七五三の由来は、古くからの幼児の祝であった、髪置・袴着・帯解などの行事が、総括的に十一月十五日に祝われるようになったもので、七五三という名称が定着したのは、明治以降だそうだ。

『東都歳時記』（天保八年）には、十一月十五日の項に「嬰児宮参、髪置（三歳男女）袴着（五歳男子）帯解（七歳女子）等の祝ひなり。当月始の頃より下旬迄。但し、十五日を専らとす。尊卑により、分限に応じて、各あらたに衣服をととのへ、産土神へ詣し、親戚の家々を廻り、その夜親類知己をむかへて宴を設く。（以下略）」とあり、江戸後期にはかなり盛んであったことが分かる。これは、七歳になって初めて社会の一員として認められたことにちなむ幼児期の各種様式が、諸国の人々が集まって出来た江戸という土地がらから、便法的に一つにまとめられ、華美となったものらしい。又七五三の祝も、大正末期ことに昭和初期に、デパートなどの販売政策によって盛んとなり、十一月十五日に定着、東京中心の関東の行事が関西にも普及したものなのである。

扨《さて》、「髪置」は、昔、男女共三歳まで青坊主に剃っており、三歳になって初めて髪を伸ばした祝の儀式、「袴着」は、男子五歳、初めて袴をはいた祝の式、「帯解」は女子七歳、之までの附紐を除いて帯をさせた祝の式であり、その儀式のあとに氏神に参詣したものであった。こうしたしきたりの全くなくなった現在、これらの季題は今後どうなるのであろうか。

洋服が多いとはいえ、なお、和服の子供が七五三に詣るのを見ると、「袴着」は五歳の男子、「帯解」は七歳の女子の姿として、なお詠めると思うが、「髪置」となると、とても私には詠めそうにない。しかし次の句を見ると、未だ詠めるのかなとも思ってしまう。


よくころぶ髪置の子をほめにけり　　　虚　子

帰り花

虚子編『新歳時記』で俳句を学び始めた私は、単に帰り花といえば、桜の花の帰り咲きだと信じて疑うことがなかった。何といっても、

真青な葉も二三枚返り花　素十

の句が印象的で、帰り花は、このようなものと思っていた。

稲畑汀子編『ホトトギス新歳時記』の編集の際、他の歳時記を見ると、ただ帰り花といえば、桜の花だと断定した解説は、虚子編以外にはなかった。桜の花の帰り花は、霜が降りるともう見られず、私も大分前に、「春潮」の千葉例会の際、中山法華寺の山門近くで、帰り花を仰いだ以後、見たのは数えるほどである。しかし、その時の桜の帰り花の美しさは、空の青さと共に今も鮮明に脳裏にある。

昭和八年刊の『俳諧歳時記』（改造社）冬の部は、虚子編であるが、「帰り花」の解説で

は、「……新暦十一月の所謂小春日和の時、草木が時節はづれに花を咲かせるものをいふのである。……」と書いてあって、桜の花についての記述はなく、例句に、〈まつさをな空に桜の帰り花　鷗汀〉を入れている。それを翌昭和九年、三省堂版の虚子編『新歳時記』を編集する時、虚子先生は、「……単に帰り花といへば桜の花のことで、他の花は其名を補ひなどして其感じを出すのである……」と断定されたのである。

たしかに、『俳諧初学抄』（寛永十八年）にも、「小春には何花も咲くことあり」。又『滑稽雑談』（正徳三年）にも、「和俗の冬月の頃ほひ、諸木あるいは草類の花開くを、すべて〝かへり花〟と称す」とあって一木一草に限っていない。

しかし、どの花でもただ帰り花とすると、一句が、心象的になる。従って、季題と写生を重視する立場から、虚子編『新歳時記』の断があったと思うし、他の花の時は、その名を入れた方が具象的で、句に深みも出る。

紫の薄き躑躅の帰り花　　虚子

朴落葉

稲畑汀子編『ホトトギス新歳時記』(三省堂刊)第三版が、平成二十二年(二〇一〇)六月刊行され、三十の新季題が追加された。その一つに「朴落葉」がある。

つく杖の先にさゝりし朴落葉　**虚子**

(昭和五年作)などあり、又虚子選『ホトトギス雑詠選集』にも、松本たかしの、

ふはくと朴の落葉や山日和

他一句が選ばれている。昭和九年作。

しかし虚子編『新歳時記』では、「落葉」に木の名がついて別の首題となっているのは「銀杏落葉」だけで、他は「落葉」という首題の中に併せて例句として入っていた。

このように普遍的な「落葉」という季題に木の名を入れ、別の首題とするには、まず秀句があることが第一の条件である。もし秀句があり首題となると、その季題で句を作る人

が増え、佳句が多く生まれる長所がある。一方、虚子編『新歳時記』の序で、虚子先生は、既刊の歳時記は、季題を只集めることが目的で選択ということに意が注いでなく、玉石混淆していた。そこで「文学的に存置の価値如何」により、季題を整理するということが、この歳時記の一つの目的であった、と明記されている。つまり、歳時記の季題を徒《いたずら》に増すことは、歳時記の価値向上にはならないのである。

今回の改訂は増田正司氏が三省堂の担当で、稲畑汀子先生の下に稲畑廣太郎、今井千鶴子、今井肖子の皆さんに私も加わり、慎重に協議して新季題を決めた。「朴落葉」はその一つとして首題とするに足る季題だったと思う。

私が「朴落集」の句として、若い時から心にあった句は、山口青邨先生の、

朴落葉わが靴のせるべくありぬ

昭和二十五年作、第八句集『庭にて』にあり、当時身近にいて、この句が発表されたので印象深かった。

十八年前、「花鳥来」の合宿をした山宿で、谷の空を大きな落葉が時間をかけつぎつぎ落ちてくるのを私は目撃した。

颪に乗り雲に乗りたる朴落葉　　けん二

落葉

私の家の近くには、今も櫟《くぬぎ》、楢の雑木林がある。我が家は東京都清瀬市と、川一つ隔てた、埼玉県所沢市であるから、一般にいう武蔵野の真ん中ともいえよう。ここに住んで四十五年になり、最近、住宅、マンションが急速にふえ、今残っているのは、多く保護林である。

その一つの雑木林は、千坪ほどで、ほとんど櫟。十一月の半ばには落葉が始まり、だんだん枝についた木の葉が少なくなって空が見え出す。その時風が吹くと、見事に落葉が空から舞い下りる。

むさし野の空真青なる落葉かな　　秋櫻子

若い頃から胸に沁み込んだこの句を今更に感心するのは、この時である。

「落葉」といえば、地に落ちたもので、「落葉する」としなければ舞い落ちることとは云えないという考えもあろうが、必ずしもそう限る必要はないと思っていたのは、秋櫻子氏の句が頭にあったからである。山本健吉氏は『基本季語五〇〇選』の中で、『改正月令博物筌』（文化五年）の「落葉」の項にある「諸木の葉、風に散り行くをいふ。また、木の葉の散り落ちたまるもいへり」を引用し、どちらもいうと書いている。

古来「木の葉」と「落葉」は同じ意味に使われており、「木の葉」だけで「冬」とされたのは、木の葉が散る形、地面に散り敷いた形、枯れたままわずかに木の枝に残っている形などを、言葉の中に表しているからだとのこと。「木の葉雨」はその降る様子で、今も使われている。

ここ迄書いて来て、あらためて実作する場合の体験からも、又数多くの例句を見ても、「落葉」だけで、降る姿を表すのは、仲々難しいことに気づいた。やはり、「降る」とか「止む」とかの言葉を入れるのが基本で、「木の葉散る」とした方がその時の心に合う場合もある。

秋櫻子先生の句は、「空」を用いて、見事に降るさまを描いている。

銀杏散る

四季の変り目には、二つの季にまたがる季題がいくつもあり、従って歳時記によって、季を異にするものがある。「銀杏散る」もその一つで、虚子編『新歳時記』以来、「ホトトギス」では冬としているが、他の歳時記では晩秋となっているものが多い。

虚子編『新歳時記』では、「銀杏落葉」の中に銀杏散るの句を入れ、「紅葉散る」「落葉」の後に配列、続いて「柿落葉」「枯葉」「木の葉」という順になっているので、「銀杏散る」を落葉の一つと考えこれを冬としたものと思われる。

一方山本健吉氏の『最新俳句歳時記』（文芸春秋社）を見ると、「紅葉かつ散る」「黄落」の次に「銀杏散る」があり、次に「名の木散る」の配列となっている。つまり「黄落《こうらく》」に並ぶものとして秋としているものと思われる。「黄落」は最近よく用いられる季題であるが、これはもともと七十二候の「草木黄落」から来たもので、今の暦の十月二十八日から十一月一日頃に当たり、従って木の葉が黄ばんで落ちる「黄落」は古くから晩秋ということになるのである。「黄落」の代表を今は銀杏落葉としている人が多いが、「銀杏散る」を独立した季題とすれば、自ずとそこには差があろう。

有《あ》りし代の供奉の扇やちる銀杏　　　　　其角

といった古い作例もあり、又『ホトトギス雑詠全集 十二』（昭和七年）でも、「銀杏落葉」の中に大正四年から例句があるが、全体としては落葉で作った句が多い。従って虚子編『新歳時記』の初版では「銀杏落葉」が首題で銀杏散るの例句は一つもない。

銀杏散るまつたゞ中に法科あり　　　　　青邨

昭和十六年作。どの歳時記にも入っている名句。このあたりから「銀杏散る」は現代的な感覚として、独立の季題の重さを増して来たように思う。土地により早いところもあり、晩秋の季感とも云えようが、小春の中での美しい景など、私には初冬の季感が強いように思われる。

浮寝鳥

水尾ひいて離るゝ一つ浮寝鳥　　素十

この句について虚子先生は、昭和三年十月福岡における関西俳句大会の席上、「写生といふこと」という講演の中で、純写生の句として丁寧に観賞している。その一ヵ月前のホトトギス講演会で、青邨先生は「どこか実のある話」の講演をされた。その中で、独自の境地を拓いている作家の代表は、水原秋櫻子、高野素十、阿波野青畝、山口誓子であるとして四Sと呼んだ。虚子はそれを受け、四人の句をとりあげ、各人の特長を述べ、自分の説く客観写生は、写生の技を重視し、内容を拘束するものでないと強調しているのである。虚子の客観写生を考える上で、私にとって忘れられぬ俳話であり、その中で見たものをそのまま描く客観写生の例として、素十の句を推賞している。

虚子編『新歳時記』の「浮寝鳥」の解説は、「水に浮寐をする鳥といふ意味である。水鳥が波に浮かんだまゝ首を翼に突き入れて身じろぎもせずに眠ってゐる姿は『山の井』に

『つら丶の枕にねぶり、玉藻の床に羽をしき……』と叙されてゐる様に冬の趣がまことに深い」とあり、素十の句が例句としてのっている。又「水鳥」は別にあり、両方が首題となっている。稲畑汀子編『ホトトギス新歳時記』も同じで、私は、「水鳥」と「浮寝鳥」は別の首題となるのが当然と思っていた。

今回、「水鳥」を調べ、手元の『図説俳句大歳時記』（角川書店）を始め九つの歳時記を調べると、どれも「浮寝鳥」は「水鳥」の傍題であった。そして考証を見ると、この二つの季題は深い関係のあることが分かり、どちらにも古句がある。

あらためて虚子編『新歳時記』の初版（昭和九年）を見ると、「浮寝鳥」の解説は、今市販の増訂版と余り変わらないが、例句は、素十の句以外は花蓑の一句だけ。虚子先生は素十の浮寝鳥の句を得て、「浮寝鳥」を首題として立てたのではないか。そう思うと納得がゆく。

焼藷

焼藷がこぼれて田舎源氏かな　　虚子

この句は、句集『喜寿艶』にあり、その自解は、「炬燵の上で田舎源氏を開きながら焼藷を食べてゐる女。光氏とか紫とかの極彩色の絵の上にこぼれた焼藷」。

田舎源氏は、小説『偽紫《にせむらさき》田舎源氏』（文政十二年）のことで、作者は小身ながら旗本の柳亭種彦《りゅうていたねひこ》、江戸末期の爛熟した文化の生み出した戯作で、大評判であった。

甘藷が日本に渡来したのは、一六〇〇年前後とされるが、広く栽培されたのは、かの青木昆陽が、幕命で『蕃薯考』（享保二十年）を書き、栽培を弘めてからで、吉宗時代以降である。古い歳時記の、『小づち』『栞草』などにいずれも「琉球芋」として採用された。

この甘藷が、何時から焼藷として売られたかについては、真下喜太郎氏が、その著『詳解歳時記』に次の文章を引用している。

焼芋は寛政五年（一七九三）の冬、本郷四丁目番屋にて初め、ほうろくやきを売、これむし焼のはじめなり、看板に八里半と書たるあんどうを出せり、栗にも近きといふなぞなるよし、近来は所所に出来、何所の町にもみなあり。

番屋は、町木戸の木戸番のことで、その内職とも書いてある。

「焼藷」の語は古歳時記にはなく、作例も子規以降である。各種歳時記を見ると、多くの焼藷屋が出来、屋台車をひいて、夜間町を売り歩いたのは、明治にはいってからであり、焼き方は、初めはつぼに入れた蒸し焼が多かったようだ。

現在誰でも知っていて、人気のある、小石の中に藷を丸のまま入れる石焼は、昭和以降のようである。

頭句は、昭和八年作。題詠であるから明治時代の情景に想をめぐらされたのであろうが、江戸時代のことかもしれない。

師山口青邨に、「虚子先生に献ず」の前書で次の昭和三十三年作の句がある。

石焼藷高《こう》先生は試みられしや　　**青邨**

懐炉

若い頃から、私は懐炉に随分お世話になった。紙で固く巻いた棒状の懐炉灰の一端に火をつけ、長楕円形の平形の金属ケース（表面に布を貼った）の蓋を閉じ、腹巻の間などに入れ、外出したものである。この灰は、平凡社の『国民百科辞典』によると「キリなどの柔かく燃えやすい木炭末を主体に、木灰、わら灰を少量加えてあるが、硝石などの助燃剤を加えてあるものもある」とある。

この懐炉灰について、真下喜太郎氏は、その著『詳解歳時記』に二度に亘ってその起源を記している。一回目は、西鶴の『織留』を引用したもので、何をしても成功しなかった大阪の林勘兵衛が、或る時宵に焚いた鍋の下の火が朝まで残っていたので、その焚物を調べてみると、茄子の木と犬蓼であった。これをヒントに江戸で懐炉というものを作り売り出し、大金持になったという話で、懐炉もこの人の発明とするものである。

二回目は、西鶴以外の懐炉灰の起源である。新村出氏が調べた元禄五年刊、平野必大著

『本朝食鑑』に、灰について、「近時好事之人焼㆓狗蓼㆒、作㆓黒灰㆒以點㆑火、則終日不滅」とあり、喜太郎氏はこの知識が普及して西鶴の説話集に取入れられ、話を面白くするために偶然の発見としたのでもあろうか、としている。

『年浪草』（天明三年）等、古い俳諧歳時記に「懐炉」は「温石《おんじゃく》」と共に、冬の季として採用されているが、本格的に俳句に詠まれたのは、明治以後である。

明けくれの身をいたはれる懐炉かな　　**虚子**

懐炉は、一時期、白金《ハクキン》懐炉が流行し、今は専ら使い捨ての携帯用カイロとなって若い人も用いるようになり、私も愛用している。その原料は「鉄粉、水、木粉、活性炭、塩類」。最近「使い捨て懐炉」「小懐炉」などという語を詠みこんだ句を見かけるが、原料・形は変わってもただ「懐炉」だけで現在の懐炉が詠めるのではないかと、ひそかに私は思っている。

角巻

今、私が手に持っている、虚子先生直筆の葉書は、官製ザラ紙、長野・小諸のスタンプで、日付は十九年十月十七日。宛名は「室蘭市輪西町一二三　元田中商店内東大学生　深見謙二様」文面は、

「日本鋼管会社、継いて御地に御勤務御苦労に奉存候。／年尾　御目にかゝりし由。御世話様になりしことゝ存候。／健康に御注意のこと切望致候。敬具」

昭和十六年十月から「大崎会」に、十七年秋からは「草樹会」に出席、何度もお目にかかり、室蘭から手紙を出していたとはいえ、一学生への、この丁重なお葉書には、今更感慨深いものがある。先生は、九月四日に小諸へ疎開されたばかり、落着かぬ日々であられたはずである。

昭和十九年夏には、理科学生も動員となり、始めは、川崎の日本鋼管の現場三交代に入った。秋からは、大学の金森九郎研究室の一員として、北海道室蘭の輪西製鉄所で、現場

実験をしていた。その製鉄所に、文学報国会の講師として年尾先生が来られ、お目にかかった。

室蘭には、二十年一月末までいた。東京では十九年十一月一日B29が偵察来襲し、二十四日からは市街地空襲が本格化して街は一変した。しかし、北海道は未だ空襲はなく、私は、初めて北海道の冬を体験することが出来たのである。

宿舎の田中商店は二重窓で、冬になるとその効果は驚くほどで、室内はストーブを焚くと暖かかった。又馬鈴薯のふかしたものが存分に食べられた。

町で珍しかったものの一つに角巻がある。稲畑汀子編『ホトトギス新歳時記』に新季題として立項したがその解説は、

「東北、北陸、北海道で女性が外出に用いる防寒衣。毛布を三角に二つ折りにしてこれを肩から全身にすっぽりかぶる。前を合わせて手で持ったり、ブローチでとめたりする」。

角巻の行き橇のゆく二重窓　　けん二

橇も、私は初めて身近に見た。

師走

「師走」は、陰暦十二月の異称であるが、現代でも日常語として使われている。師走と云ったり、師走と聞くだけで、慌しい歳末が感じられる。

その語源については、平安朝歌学の集大成である藤原清輔著『奥儀抄《おうぎ》』の次の説明が、俳諧でも引用されていた。

「僧を迎へて仏名を行ひ、あるひは経読ませ、東西に馳せ走るゆゑに、師はせ月といふを誤れり」。

この説は、仏名即ち仏名会という仏事の行われるようになった以前の日本書紀や万葉集にも十二月をシハスと読んでいる例があり信憑性が低かった。しかし師僧も走るというのは面白く思っていた。

今回あらためて調べると、真下喜太郎著『詳解歳時記』が、『奥儀抄』はじめいくつかの説を紹介、その問題点を指摘、一つの解決をしていて納得出来た。

喜太郎氏は、新井白石著『東雅』（語源解釈書）を引用して、シハスは、トシハツルツキの意であって、トシハツがシハスになったというのである。

白石は、我国では、凡ての事の終りをハツと云い、古語ではハスはハツの転であり、年はシと云われたと記している。又「俗に極月の字を用ゐてシハスともいふなるべし」とも記している。

これを読むと多くの歳時記が「師走」の傍題に「極月《ごくげつ》」を置くのも分かる。

扨《さて》、虚子編『新歳時記』の解説は、

「陰暦十二月のことであるが、今は一年の終りの月といふ意味で陽暦の十二月にも用ゐられてゐる。慌しい歳末人事を象徴した名である」とあり、十二月の「クリスマス」「社会鍋」のあとに配列していて、明快である。又「極月」は傍題とせず独立させている。

能を見て故人に逢ひし師走かな　　**虚子**

「師走」の例句はこの一句で、大正三年の作。他に昭和時代に次のような句もあり、まことに自在である。

女を見連れの男を見て師走　　**虚子**

エレベーターどかと降りたる町師走　　**同**

年の暮

高浜年尾先生は、明治三十三年十二月十六日生れ、正岡子規が名付親である。『父虚子とともに』の中に「子規の手紙」の一文があり、原の台の虚子庵玄関に子供の頃立ててあった六双屏風に命名の手紙が貼ってあったと書かれている。

拝啓　男子御出生の由奉賀候　命名の義名案も無之　別紙二様認め置候間御択み被下度　勝見など申も何の意味もなきことに御座候／痛み強く寝返り自由ならず　咳嗽ひゞきて困り候……

十二月十七日付、別紙は赤い日本紙で「年尾《トシオ》」「勝見《カツミ》」と子規が堅い字で書いてあったとのこと。年尾は年の暮の意味である。

「年の暮」についての傍題を種々の歳時記に当たってみたが、一番多いのは、山本健吉著『基本季語五〇〇選』。次に全部書いてみる。
歳暮《さいぼ》・歳晩・年末・歳末・暮歳・晩歳・年の末・年の際・年の瀬・年の果・年の終・年の坂・年の峠・年の梢・年の尾・年の湊《みなと》・年の関・年の名残・年の残り・年の別れ・年の奥・年の岸・年の冬・年の急ぎ・年暮るる・年尽くる・年果つる・年つまる・年深し・暮《くれ》

これらは古い歳時記にあったものであるが、その一つ『年浪草』(天明三年)には年の尾などと併せ「〃春近き・春を待つ〃これらみな歳末のことをいふ」と書かれているのは、陰暦であれば当然であるが、明治以前の年の暮は現在とは違った季感であったろうと改めて気づかされた。

「年の尾」と詠んだ句は、大谷句仏・秋元不死男などにもあるが、年尾先生には全句集を見てもなかった。現代の俳人で多いのは富安風生先生であろうか。『富安風生全句集』補遺篇に〈年の尾をしかと九十五歳かな〉他六句あり「年の坂」「年の港」の句もある。その中で私も愛誦する名句は昭和五十二年九十二歳作。

しみじみと年の港といひなせる　　**風生**

年の港

来年（二〇一三年）二月号で、「若葉」（鈴木貞雄主宰）が一千号を迎えることになり、エッセイを書かせていただいた。その「若葉」初代の主宰は、富安風生先生、二代目は清崎敏郎さん。その敏郎さんとは、共に虚子先生の下で学んだ。

風生先生は、「草樹会」で、私の学生時代に忘れられない思い出がある。

昭和十八年十月六日の「草樹会」は、丸の内倶楽部別室で行われたことが、虚子先生の『句日記』で分かる。その時、私の句が「稲刈の大勢をりて遥かかな」を含め三句虚子選に入ったのである。

その披講が風生先生。あとで先生は、にこにこされてその虚子の選句紙を私に下さったのである。因みに風生先生の本名は謙次である。

風生先生と私の師青邨先生とは仲がよく、エッセイ「青邨横顔」に「……大学の研究室と役人の俗界とでは育つそれも違うし」と云い乍ら「感性の根源にデリケートな一致があり」と楽しく語られている。

役人を勤められたことから、風生先生は虚子先生の人間の大きさについて格別の思いがあられたろうし、又虚子先生も風生先生を信頼されていた。

九十五歳の長寿を全うし、自ら俳句の虫を以て任じ、亡くなる十日前まで句帳に句を書きつけられたという。

しみじみと年の港といひなせる　　風生

この句は九十二歳の句。九十三歳で出版された自註句集『富安風生』に、「〝年の港〟といふ語を歳時記に得た。誦して飽かず。姉妹句に〝波風に舫ひて年の港あり〟あえてこの二句を掲ぐることをもつて結びとする」と自註された。

『俳諧歳時記栞草』では「年の湊」は「春の湊に準《なぞら》へしるべし」とあり、「春の湊」は、「春の行どまりと云《いふ》心也、○くれて行《ゆく》春のみなとはしらねどもかすみにおつる宇治の柴舟《しばぶね》　寂蓮」とある。まことに誦して飽かずである。

年賀状

元日、十時頃になると、二〇〇〇年の今年も、どさっと年賀状を頂戴した。

最近は年賀状だけという場合でも、よくお会いしていても、その方の近況が書かれているのは、親しみ深くてこれもいいなと思う。かといって、自分がとなると全部を印刷にはなかなか出来ない。俳句を書かないで俳人といえるかと云われたこともあるが、それとて一律には云えない。かくして私は型通りの印刷で、出来れば一言でも書き添えたいと思っているため、時に一枚に思わぬ時間をとったりする。

ともかく事前の名簿の整理が悪いため、出しおくれの失敗を重ねたり、身近な方には、御勘弁いただいたりして、いつも心に重いものが残るのも年賀状である。それでも多くの方の消息が分かり、やはり年賀状の交換は、新年の行事として、めでたく、楽しいことだと思っている。

この年賀状、まさか江戸時代にはなかったろうと思って、『図説俳句大歳時記』（角川書店）を当たってみると、『俳諧歳時記栞草』から「年始状」として収められている。平凡社の百科事典などを見ると、江戸時代には、公用の大名飛脚のほかに町飛脚が現れて民間の通信も扱い始め、江戸、京都、大坂《ざか》の三都を定期往復したとあるので、「年始状」も扱われたと合点がゆく。

日本の現代的郵便制度が国営で始まったのは、明治四年で、六年には全国の郵便料金が均一となった。

年賀状（年賀はがき）の習慣については、十九世紀末の欧州のクリスマスカードや絵はがきの流行の影響をうけて行われた模様である。明治三十三年に私製はがきの発行が許可された前後から盛んになったと見られると書かれているから、年賀はがきも百年の歴史があると思うと感慨深いものがある。次の句は大正十五年の作。

ねこに来る賀状や猫のくすしより　　久保より江

鏡餅

年末というと、床の間と神棚に鏡餅を飾るのが、私の仕事であったことがある。米屋に頼んで、床の間用と小さな神棚用の鏡餅を作って貰う。床の間のは三宝に、神棚のは皿に米を満たし、その上に和紙を敷いて台とした。歯朶、楪と置き、その上に鏡餅を重ねた。神棚には我が家では、金の鉱石が箱に入れ飾られていて、山神様でもあった。終戦前後は別として、私の記憶は、少年時代につながるのである。

虚子編『新歳時記』の解説は、「家の床をはじめ、神佛その他に新春の鏡餅を供へる。單に御鏡《おかがみ》ともいふ。一《ト》かさねは日月に象つたものである」とある。

『図説俳句大歳時記』（角川書店）によると、古くから円形の鏡の形に餅を作り、正月朔日、諸神に供え正月を祝ったが、『源氏物語』などでは、餅鏡《もちひかがみ》と称したという。「鏡餅」は近世以後の語形というが、歳時記では『毛吹草』（正保二年）より、「鏡餅」となっている。『本朝食鑑』（元禄十年）の引用を読むと、武家は甲冑に供え具足餅と号し、これをあとで煮て具足餅の祝と称したそうだ。

かがみ餅母在して猶父恋し　　暁台

作者は尾張藩に仕えた武士である。

山口青邨先生の杉並和田本町の雑草園には一月二日に、門弟が集まり初句会をしていただくのが常であった。そのお宅の鏡餅は、八寸という大きなもので、床の掛軸は、平福穂庵（百穂の父）の富士・蝦・蕪の三幅対。「中が富士で高く鋭く空が少し朱でぼかしてあり、蝦はひげを富士の高さまで跳ね上げ、蕪は葉が逞しく淋漓と雲のように富士の頂きに迫っている」と、『三艸書屋雑筆』に書いておられるので、今もありありと思い出せる。その掛軸の前に三宝にのって鏡餅がでんと据わっていた。

お供餅《そなえ》の上の橙いつも危し　　青邨

は、昭和三十五年作。先生は自由だった。

今の我家は、スーパーの鏡餅。これでは、仲々俳句も出来ない。

福寿草

「福寿草」についての、虚子編『新歳時記』の解説は、「元日に必ず咲くといひ、元日草の名がある。小さいがふくよかな豊かな感じのする菊のやうな黄色な花。朝に開き夕に閉ぢる」。

以前は、正月、小さな鉢物として、玄関や床の間によく置いたものである。『図説俳句大歳時記』（角川書店）では、『毛吹草』『増山の井』以下に出ており、古くから季のものとされていた。『和漢三才図絵』（正徳二年）に「按ずるに、福寿草は洛東山渓に陰処これあり。冬枯れ、春宿根より生ず。（中略）歳旦に初めて黄花を開く。半開の菊花に似たり。人もつて珍となし、盆に植ゑて元日草と称す」とあり、正月のものとされた経緯がうかがえる。

福寿草家族のごとくかたまれり　福田　蓼汀

蓼汀さんに、「草樹会」でお目にかかったのが昭和十七年。虚子門であるとともに山口青邨主宰「夏草」の先輩として永く御厚誼をいただいた。今回、自註を読むと、この句は昭和十八年作。

「寄せ植えの藍の鉢。大小、肥え痩せたのと、みんな仲よく、かたまり合って、まどかなわが家のようだ」とある。

蓼汀さんは、昭和二十三年、「山火」を創刊主宰し、日本各地の山を踏破、山岳俳人として名を高めたが、御次男が昭和四十四年、奥黒部で遭難死するというこの上ない悲しみに遭われた。それだけに又、この句はあらためて胸にしみる。

最近、早春庭園などを吟行すると、細い人参のような葉を出した中に、福寿草が色鮮やかに咲いているのを、よく見掛ける。明治以前は、正月が今の立春頃であったから、それほど時季の差はないが、明治以後は、福寿草を元日に咲かせるには、更に工夫をこらしたのであろう。

昨今正月の飾りが簡略化されたが、まだ福寿草の小鉢は年末花屋で売っている。「福寿草」は俳句では新年のもの。今年の年末にはそれを買い、福寿草の句を作ろうと思う。

稽古始

虚子編『新歳時記』の解説には、「新年初めて武術・音曲・生花などの稽古を始めること」とあり、「初稽古」は傍題。

他に、「謡初」「弾初」「舞初」「弓始」などの関連季題が別にあり、

老いてなほ稽古大事や謡初　　虚子

という句がある。『六百五十句』にあり、昭和二十四年作。お好きな謡もこう考えておられたのだとあらためて思う。

この稽古という言葉で思い出すのは、虚子先生が昭和二十年十二月、小諸で始められた稽古会のことである。「ホトトギス」昭和二十一年六月号に、御自身が句会の日取、出席者をまとめているが、その前書は「復員して来た上野泰が小諸の四軒長家（という名前で假りによばれている林檎園の中の小屋）で静養してゐるうちに俳句に興味を覚えたらしくもあるし、時には草廬を訪ねてくれる人もあるし、其等の人と共に、稽古会という名前で、

寒中の土曜日午後一時から四時まで、日曜日午前十時から四時まで會合することにした。其の句の一部分をここに載せる」という文章である。

このように、稽古会は、虚子先生の命名で、この席で御自身いくつも後世に残る句を作り、上野泰という作家を育てた。更に鎌倉、山中湖畔、鹿野山神野寺の稽古会と続き、若者が育てられたのである。

「稽古始」の季題に私は特に関心はなかったが、平成四年楊名時太極拳の師範となってから、師家を迎えての新年の稽古始の教室に出るようになり、句を作り出した。師家は立禅の時（どんな時の稽古でもここから始まるが）半眼に正面を見、頭の中に富士山を思い浮かべると心が静まるとよく云われた。

まづ拝む窓の遠富士初稽古　けん二

その後、新年の句を作る時には、自分の体験を思い出し、毎年のように作った。稽古始は六字で、どうしても初稽古の方が作り易い。二年ほど前に作ったのは、

老いてなほ基本大切初稽古　けん二

太極拳も亦、技の基本の型が大事である。

宝舟《たからぶね》

書画といったものの殆どないわが家に、磯野霊山画伯の墨絵の軸がかなりある。昭和十年頃一時体調を崩し会社を休んでいた父が、Nという画家に水墨を習ったことがあり、このN氏が霊山の絵をかなり父に持ち込んだようだ。霊山は、明治十一年生れ、東京美術学校卒で、一茶、良寛、仙涯に私淑、独自の画風を拓いたが、昭和七年没している。

床の間には、この霊山の軸を四季かけかえているが、鐘馗《しょうき》の半折などの雄渾な筆致のものも好きであるし、冬の多摩河原など、俳画風の小品も捨て難い。

十数年前には、正月の四日は、木曜会の仲間と初吟行をするのが慣例となっていた。ある年のこと、上野の寛永寺から池の端へ下りる途中の五條天神社に詣った時、お札売りのところに、宝舟の絵を額に入れて売っており、その署名が見慣れている霊山子らしいのに驚いた。早速買って見るとまさしく霊山の一筆書きであった。

虚子編『新歳時記』に「宝舟」は次の如く解説されている。

二日の夜、宝舟の図を枕の下に敷き寝して、吉夢あれば福とし悪夢あれば水に流す。図はくさ〴〵の宝を盛つたもの、七福神の乗つたもの、それに「なかきよのとをのねふりのみなめさめなみのりふねのおとのよきかな」の歌を書き入れたものなどがある。上方では節分の夜に敷く。

真下喜太郎著『詳解歳時記』によると、宝舟を敷くことは、室町時代から始まり、節分の夜で、京阪はこれを守ったようだ。一方江戸は正月の二日。昔は掛取りなどで大晦日は忙しく、元日の夜は二夜分の眠りを貪《むさぼ》るため、初夢とか宝舟など言っておられず二日の晩に延ばしたものの由。

さて五條天神社では、「宝舟の神事《ほうしゅうのしんじ》」を一月一日に行い、宝舟の絵を二種類売っていて、その一つが宝の字を帆に書いた霊山の一筆書きなのである。この神事を行っているのは現在此処だけということだった。

ふところに東叡山の宝舟　　けん二

季題の寒

寒という字のつく季題は多いが、虚子編『新歳時記』では三つの種類がある。
(1)寒中のものとした季題
寒の雨・寒の水・寒灸・寒行・寒稽古・寒声・寒肥・寒垢離・寒復習・寒曝・寒施行・寒卵・寒造・寒釣・寒念仏・寒弾・寒紅・寒詣・寒見舞・寒餅・寒鴉・寒雀・寒鯉・寒鮒
(2)寒中と限らず寒々とした意味の季題
寒天・寒凪・寒月・寒夜・寒燈・寒禽・寒雁・寒林（寒月・寒燈のみ首題）
(3)寒の頃に咲く品種又はその総称
寒菊・寒桜・寒木瓜・寒牡丹・寒椿・寒梅
こう並べてみると文学的によく整理されているが、今回こうした季題がいつ頃から定着したものかと思い、馬琴の『俳諧歳時記栞草』を見ると、これらの寒の季題中、首題として入っているのは、寒の雨・寒声・寒垢離・寒曝・寒造・寒念仏・寒月・寒菊・寒梅のみであった。
これらは、『図説俳句大歳時記』（角川書店）を見ても、古くから歳時記に収録されており、古句も多いことが分かった。併し、他の寒の季題は、古歳時記には名目として入っていても、作例が出ていない。つまりかなりのものは、明治以後に詠まれたもので、その中に、寒鯉、寒卵などが入っていることも面白く、一方寒声、寒念仏などは現在では殆ど詠まれなくなった。

「寒林」は虚子編『新歳時記』では、枯木立の傍題であるが、『ホトトギス雑詠全集十二』（昭和七年）を見ると、寒林の句が既に八句収録されており、虚子選『ホトトギス雑詠選集』（昭和十三〜二十年分）では、枯木立の項は六句とも寒林である。平成五年刊俳人協会編『季題別現代俳句選集』は、冬木立十六句、枯木立四句、寒林二十七句で、寒林はイメージからも独立季題となって来ていると思う。

寒という字のつく季題は言葉としては古くから中国にあったものが多いが、そのひびきのイメージから、俳諧ではかえって敬遠されたものがあり、現代になって詠まれるものがふえたと思われる。

寒鯉の一擲したる力かな　　虚子

藪入

一月十六日、奉公人が休みを貰って親許へ帰り、または自由に外出して遊ぶ風習を藪入といい、山本健吉氏が『基本季語五〇〇選』に入れるくらい、古くから多く詠まれて来た季題である。未だ子供のうちに、他所の家に奉公に出て、初めの三年間は帰れず、次の年からやっと年に一度だけ帰れたなどという時代を考えれば、あの落語の〝藪入〟の熊さん夫婦が息子の亀吉の帰りを待ちわびて、前夜眠れず、何を食べさせろ、どこを見せてやるかというやりとりの泣き笑いや、その日を待ち兼ねる奉公人の気持が、俳諧の格好の季題となったのもよく分かる。

このルーツを文献に当たってみると、古い時代の行事はすべて満月を基準にしており、陰暦の一月と七月の十五日は、年始と盆という、家にとっては最も大切な祭日で、その時には、家を離れている者も必ず家に戻り、その祭に加わったということに始まっているようだ。

こうした信仰的な面がうすれて、閻魔様の縁日の十六日と結びついたのは元禄以降である。この日は地獄の獄卒さえ休んで罪人の呵責をやめるのだから人間も休むのだ、と使用人を休ませるようになり、日も十四、十五、十六の三日間、七月は後の藪入として年二回、自由に遊ぶ遊興の面が多くなった。

昭和初めの風俗として、住み込みの店員や見習職人が正月の藪入に、身ぎれいにして、浅草などで食べたいものを食べ、映画やレビューを見て盛り場が賑わったことは、私の記憶にも残っているし、田舎へ帰る人もいて藪入は日常の生活の中にあった。しかし戦後雇傭関係が変わり、週休二日が浸透している現在では、

やぶ入の寝るやひとりの親の側　**太祇**

の句は、心は分かっても古典になり、かえって盆休みに帰省者が、郡上、阿波、八尾などの盆踊に加わっていることに藪入の風俗が残っているといえる。

冬桜

涵徳亭はや灯点りし冬桜　　清崎　敏郎

この句は、小石川後楽園の句である。後楽園は、徳川水戸家の上家敷の庭園として造園されたが、昭和十三年四月に、公開された。涵徳亭は、初めて建てられた時から硝子が四面に張りめぐらされ、ビードロ茶屋と云われたそうだ。現代もその面影を残して、新しい建家となっている。私はよく後楽園に行くが、冬になって目に立つのは、涵徳亭のすぐ前の芝生にある冬桜である。清崎さんの句は、涵徳亭の固有名詞を入れて、冬桜そのものが見事に詠まれている。

多くの歳時記で、「冬桜」は、冬に咲く桜と解説し、「寒桜」を傍題としている。しかし『図説俳句大歳時記』（角川書店）の解説では本多正次氏は「冬桜」は、サクラの栽培種の一種で、白色一重で花梗が短く、群馬県鬼石町の桜山公園に栽植されたのが有名と書く。

そして「寒桜」は全く別種としている。

『日本の桜』（山と渓谷社 平成五年）の川崎哲也氏の解説を読むと、鬼石町の冬桜は、マメザクラ（別名富士桜）とヤマザクラ又はサトザクラとの栽培種であると云う。又寒桜は、カンヒザクラとヤマザクラ系との栽培種と書いており、暖地に多く、東京以北では育ちが悪いそうだ。

カンヒザクラは明らかに冬桜と別種で素人にも一目で分かるが、ヤマザクラとの栽培種の寒桜と冬桜との差は分かりにくい。従って、詠む時は、冬桜と寒桜とは感じで詠み分けてよいのではないかと思う。

平成十四年の一月末、後楽園に行くと、寒い日であったが、園内には梅が咲き出していた。しかし冬桜も未だぱらぱらと花をつけている。近寄ってよくよく見ると、花片は散っても、サクラの蕊はいつまでも残っていることに気づいた。それは、当たり前のことであっても、私にとっては新しい発見で、この姿も冬桜なのだと思った。

あとがき

この一書は、俳句個人誌「珊」（季刊）に、二十五年に亘り書き続けた、季題に関するエッセイ一〇〇編をまとめたものです。

「珊」は、平成元年二月、藤松遊子、今井千鶴子のお二人と、三人で始めました。この三人は、稲畑汀子編『ホトトギス新歳時記』の編集委員として、季題解説の最後の検討を担当しました。三人は又虚子先生の教えを受けた仲間でもありました。そこで、年四回、前年度の自選三十句を発表することが、作句の活性化になると考え、発刊したものです。そして、二号以来各自「季題」にまつわるエッセイをのせることにしました。藤松遊子さんが残念なことに平成十一年亡くなられた後は、本井英さんが加わり、平成二十五年冬号で一〇〇号に達しました。

このエッセイをまとめ、刊行することを飯塚書店に推薦して下さったのは、山口青邨先生の同門で、月二回の木曜会を、三十有余年共にして来た、畏友「屋根」主宰、斎藤夏風さんです。

題名とした、虚子編『新歳時記』は、昭和九年発刊以来、今も増訂版が市販されている名著です。私は初学以来、机辺を離さず、これを自らの俳句の規範として来ました。

改めて、斎藤夏風、藤松遊子、今井千鶴子、本井英の各位に厚く御礼を申し上げます。

平成二十六年　二月三日　節分

深見けん二

深見 けん二（ふかみ けんじ）
大正 11 年 3 月 5 日福島県郡山市生まれ。本名謙二。
昭和 17 年高浜虚子、18 年山口青邨に師事。昭和 28 年「夏草」同人。昭和34年「ホトトギス」同人。平成３年「花鳥来」創刊主宰。
句集に『花鳥来』（俳人協会賞）『日月』（詩歌文学館賞）『菫濃く』（山本健吉賞）など。著作に『虚子の天地』『選は創作なり—高浜虚子を読み解く』など。
「珊」「屋根」同人、俳人協会顧問、揚名時太極拳師範。

虚子編『新歳時記』季題一〇〇話

2014 年 4 月 10 日　第 1 刷発行

著　者　深見 けん二
発行者　飯塚 行男
編　集　星野慶子スタジオ
印刷・製本　日本ハイコム

株式会社 飯塚書店
〒112-0002 東京都文京区小石川5-16-4
TEL03-3815-3805 FAX03-3815-3810
http://izbooks.co.jp
郵便振替00130-6-13014

© Kenji Fukami 2014
ISBN978-4-7522-2071-8
Printed in Japan